Mord auf Juist

Ostfrieslandkrimi

von Moa Graven

Moa Graven ist Ostfriesin und schreibt seit 2013 Krimis. Erst mit fünfzig hat sie die Leidenschaft für das subtile Verbrechen auch für sich entdeckt, als sie einen Fortsetzungskrimi für ein Monatsmagazin schrieb. Seit 2017 lebt die Autorin vom Schreiben und eröffnete ein Krimihaus in Rhauderfehn, wo man sie auch besuchen kann. Seit 2023 wird das Krimihaus zudem als Ferienhaus vermietet.

Impressum

Mord auf Juist – Ostfriesische Inselkrimis Band 7

Ostfrieslandkrimi von Moa Graven

Erschienen im Criminal-kick-Verlag Ostfriesland

Das Krimihaus – 3. Südwieke 128a – 26817 Rhauderfehn

April 2024

ISBN 9798877741416 *(Taschenbuchausgabe)*

Umschlaggestaltung: Moa Graven

Zum Inhalt

„Mord auf Juist“ ist der siebte Band aus der Krimi-Reihe Ostfriesische Inselkrimis.

Kriminalkommissar Sören Wanderkorn möchte seiner Frau Nina, die eine schlimme gesundheitliche Diagnose zu verkraften hat, eine Freude machen. Deshalb plant der Düsseldorfer eine Auszeit auf der kleinen Insel Juist mit ihr. Was als schöner entspannender Urlaub beginnt, entpuppt sich bald als rasante Kriminalermittlung für Wanderkorn, als ihn der Inselsheriff Dirk Flessner mehr oder weniger in die Sache um den ermordeten Hannes Blank hineinzieht.

Die Insel Juist

Sicher, jetzt könnten hier Daten stehen zur Größe der Insel Juist und den Bewohnern. Aber wer einmal auf Juist war, der weiß, dass das gar nicht wichtig ist. Wenn man an seinem Sehnsuchtsort angekommen ist, dann geht man nicht mit dem Maßband rum. Dann atmet tief ein, streckt sein Gesicht der Sonne entgegen und spaziert langsam zum weißen Strand, um den Tag zu genießen. Man blickt auf das unendlich erscheinende Meer und verliert sich im Blick in dem Auf und Ab der Wellen. Habe ich recht? Ich sehe Sie förmlich nicken. Auf Juist gibt es keine Autos, dafür aber als Besonderheit Pferdekutschen, die die Feriengäste über die Insel befördern. Juist ist schmal, lang und lädt zur fußläufigen Umrundung in rund drei Stunden ein. Es gibt einen Süßwassersee und ein verwunschenes Wäldchen zu entdecken.

Und egal, welche Ostfriesische Insel Sie in ihr Herz geschlossen haben und sich schon auf den nächsten Urlaub freuen, Sie haben es sich verdient. Egal, ob Sie Juist lieben, Borkum, Norderney, Langeoog, Baltrum, Wangerooge oder Spiekeroog. Jede Insel hat ihren ganz eigenen Charme.

Und nun wünsche ich Ihnen viel Spaß mit meinem Krimi!

Ihre Moa Graven

Wer sich einmal in das Meer und den
weiten Horizont verliebt hat,
der kommt nicht mehr davon los.

Moa Graven

Inselurlaub

Natürlich freuten sie sich auf den Urlaub auf Juist. Und doch gab es da diesen bitteren Beigeschmack. Sören Wanderkorn packte gerade die letzten Koffer in den Wagen, als er hörte, dass im Haus etwas zerbarst. Schnell eilte er wieder in den Flur. Dann sah er das Malheur. Eine große Vase, die schon seit vielen Jahren auf dem kleinen Regal mit den Büchern stand, war zu Boden gefallen und in viele Teile zersprungen.

„Es tut mir leid“, sagte seine Frau, die wusste, dass es ein wichtiges Erbstück für ihren Mann war. Seine Mutter hatte sie ihm überlassen, kurz, bevor sie starb.

„Ach“, sagte er, „das ist doch nicht schlimm. Es war nur eine Vase.“ Schnell beugte er sich nach unten, um die gröbsten Scherben einzusammeln. „Ich hole mal ein Kehrblech“, meinte er dann und kam wieder hoch und legte die Scherben auf das nun freie Regal. Dann nahm er seine Frau, die noch immer betreten an der Tür stand, in den Arm. Es standen Tränen in seinen Augen und in ihren wohl auch. Es war erst vier Monate her, seitdem Nina die schlimme Diagnose erfahren hatte. Grüner Star. Und es war nichts mehr zu machen, sie würde mit der Zeit immer schlechter sehen können. Ja, vermutlich sogar eines Tages erblinden, wenn es ganz schlecht für sie lief. Sie zitterte in seinen Armen, als sie sich wieder voneinander lösten. „Wirklich Nina“, sagte er und drückte ihr einen Kuss auf die Stirn, „die Vase ist mir völlig egal.“

„Aber du hast sie von deiner Mutter“, widersprach sie mit bebender Stimme. Sie wusste, dass ihr Mann und seine Mutter immer ein ganz besonderes Verhältnis zueinander gehabt hatten.

„Nina, weißt du was, wir lassen das jetzt einfach alles hier liegen und fahren nach Norddeich. Genauso, wie wir es für heute geplant haben. Ich bin mir sicher, dass die Scherben immer noch dort liegen, wenn wir zurückkommen.“ Er zwinkerte ihr zu.

Nina lächelte jetzt endlich. „Na gut“, sagte sie und folgte ihm nach draußen.

Sören Wanderkorn schloss die Haustür ab und dann ging er mit seiner Frau an der Hand zum Wagen. Bevor er einstieg, sah er noch einmal zurück zum Mehrfamilienhaus, in dem ihm und seiner Frau eine großzügige Wohnung im Erdgeschoss gehörte. Er hatte an alles gedacht. Die Fenster waren verschlossen und alle Türen zweimal ins Schloss gedreht. Sicher, wenn jemand hier einbrechen wollte, dann konnte er natürlich einen Weg finden, ging es ihm durch den Sinn. Aber ändern konnte man das eben auch nicht. Sie verreisten nicht oft, er und Nina. Sein Beruf als Kriminalkommissar in Düsseldorf ließ ihm kaum Zeit für normale Wochenenden mit seiner Frau. Doch jetzt hatte er sich mal durchgesetzt und einen dreiwöchigen Urlaub beantragt. Und wenn der Stadtdirektor persönlich erschossen wird, hatte er zu seinem Vorgesetzten gesagt, ihr werdet mich nicht damit behelligen. Meine Frau geht jetzt vor. Dem war nicht widersprochen worden.

Erst, als sie aus der Stadt herausgefahren waren und der Autobahnverkehr etwas entspannter wurde, konnte Wanderkorn durchatmen. Nina saß neben ihm und blätterte in einem Magazin für Literatur herum. Seitdem sie wusste, dass es schlecht um ihre Sehkraft bestellt war, las sie praktisch ununterbrochen. Das machte ihm ein wenig Sorgen. Er musste praktisch tatenlos dabei zusehen, wie seine Frau litt. Das behagte ihm ganz und gar nicht.

Nach gut zweieinhalb Stunden bekamen beide das Gefühl, dass sie der Großstadt endlich entronnen waren. Nur plattes Land. Man konnte so weit sehen, bis der Horizont den Boden berührte. Überall nur grüne Wiesen und dunkle Wälder in der Ferne. Es war für beide das erste Mal, dass sie Ostfriesland besuchten. Wanderkorn hatte lange im Internet nach einem Ort gesucht, wo sie beide mal so richtig zur Ruhe kommen konnten. Es sollte nicht allzu weit weg sein von zuhause und doch weit genug, damit man ihn nicht zurück in den Dienst rufen konnte. Schließlich war er auf die Ostfriesischen Inseln gestoßen. Die Wahl fiel dann auf die Insel Juist, weil es dort keine Autos, sondern nur Pferdekutschen gab. Er und Nina hatten bei der Vorstellung, mal nicht um Autos herumlaufen zu müssen, geschmunzelt. Unvorstellbar für Großstädter, sich nicht einer Blechlawine anschließen zu müssen, wenn man morgens das Haus verließ.

„Können wir gleich kurz mal anhalten?“, fragte Nina und sie legte ihr Magazin zur Seite.

„Sicher“, erwiderte Wanderkorn, „möchtest du auf die Toilette?“

„Nein, das ist es nicht“, sagte sie, „ich möchte einfach mal riechen und spüren, wie es sich hier anfühlt bei dem ganzen Grün.“

Er lächelte sie an. Sie wirkte glücklich. Mehr gab es im Moment nicht für ihn, was zählte. Nach wenigen hundert Metern erreichten sie einen Rastplatz und er setzte den Blinker. Kurz darauf stiegen die beiden aus. Nina reckte den Kopf nach hinten und schloss die Augen. Dann atmete sie tief ein und wieder aus. Wanderkorn beobachtete sie dabei und sendete ein stummes Gebet zum Himmel. Es gab immer wieder Ausnahmen, hatte der Arzt gesagt, nicht jeder werde am Ende erblinden.

„Komm“, sagte sie, als sie die Augen wieder geöffnet hatte, „wir setzen uns kurz auf die Bank dort drüben.“

„Soll ich den Kaffee und die Brote holen, die wir mitgenommen haben?“, fragte er zurück.

„Oh ja, das wäre schön.“

Sie schwiegen, während sie tranken und aßen und dem vorbeifließenden Verkehr auf der Autobahn nachsahen. Und selbst der Lärm, den diese Wagen verursachten und zu ihnen herübertrugen, war nichts im Vergleich zu dem, was sie zuhause gewöhnt waren.

„Es ist schön hier“, sagte Nina schließlich, „wir hätten schon viel eher nach Ostfriesland fahren sollen.“

„Ganz bestimmt hast du recht“, sagte er mit Blick auf die Uhr, „aber ich denke, so langsam sollten wir weiterfahren, wenn wir die gebuchte Fähre noch erwischen wollen.“

„Oh, natürlich“, sagte sie und räumte schnell alle Sachen auf dem Tisch zusammen.

Sie setzten ihre Fahrt fort und erreichten bald darauf Emden, das sie nur streiften, während sie weiter Richtung Norddeich fuhren, von wo aus die Fähre nach Juist ablegen sollte.

Erst, als sie auf den Parkplatz fuhren, erkannten sie, in welches Getümmel sie sich gleich stürzen würden. So viele Menschen wollten genau dasselbe wie sie. Auf einer Insel entspannen. Die schönste Zeit des Jahres verbringen, wie man so schön sagte.

„Puh“, sagte Nina, als sie ihren Sicherheitsgurt löste, „damit hatte ich gar nicht gerechnet.“

„Noch können wir uns anders entscheiden“, erwiderte Wanderkorn.

„Aber nein, wo denkst du hin. Ich will jetzt nach Juist. Punkt.“ Entschlossen stieg sie aus und schlug die Autotür hinter sich zu.

Auch Wanderkorn stieg aus und er ging zum Heck des Wagens, um die beiden Rollkoffer aus dem Kofferraum zu hieven. Nina legte sich ihren Rucksack über die Schultern. Er bot ihr an, auch den zu nehmen, doch sie lehnte dankend ab.

Da sie die Tickets für die Fähre bereits online erstanden hatten, mussten sie sich nicht am Schalter anstellen, sondern sie konnten direkt zum Fähranleger durchgehen. Das Schiff lag bereits im Hafen, doch noch gab es keinen Zutritt für die Gäste, die teilweise auf den Stufen in der Sonne saßen und die schöne Stimmung genossen.

Dann endlich war es soweit. Der Tross der Urlauber setzte sich in Bewegung, als der Bootsmann den Eingang freigemacht hatte und die Tickets kontrollierte.

Wanderkorn und seine Frau ließen sich von der Menge treiben und sie stellten ihr Gepäck unten in der

Fähre ab, so, wie es auch die anderen Gäste machten, um dann nach oben an Deck zu gehen. Nina hatte Glück und sie ergatterte sogar noch zwei Sitzplätze neben einer Familie mit drei kleineren Kindern. Sie mochte Kinder. Selber war ihr dieses Glück nie beschieden gewesen. Sie und Sören hatten es dem Zufall überlassen, ob sie eine Familie gründen würden, als sie vor fast zwanzig Jahren geheiratet hatten. Es sollte wohl nicht sein. Irgendwann hörten auch die Gespräche darüber auf, woran es wohl liegen könnte, dass sie nicht schwanger wurde. Nun war das Thema schon lange keines mehr. Nina hatte ihre Passion eines Tages in der Schriftstellerei entdeckt, als sie in einem Online-Forum auf Menschen traf, die sich einfach so zur eigenen Bereicherung über Literatur austauschten und auch selber Schreibproben hochluden. Irgendwann traute auch Nina sich, etwas ins Netz zu stellen. Es war eine Geschichte über einen kleinen Jungen, der davon träumte, eines Tages Astronaut zu werden. Die anderen Forumteilnehmer waren hin und her gerissen von ihrer Geschichte und sie ermunterten sie, diese doch fertig zu schreiben und nach einem Verlag zu suchen. Dazu fehlte Nina allerdings damals noch der Mut. Mittlerweile allerdings hatte sie mehrere Kinderbücher über einen kleinen Verlag veröffentlicht, was sie durchaus mit Stolz erfüllte. So konnte auch sie zum Einkommen beitragen.

Einer der kleinen Jungen quengelte, weil seine Schwester offenbar den größeren Lolli von der Mama bekommen hatte. Das Mädchen indes hielt ihren Lolli fest in beiden Händen, als ihr Bruder versuchte, ihr diesen zu entreißen. Die Mutter verdrehte die Augen. Dabei traf ihr Blick den von Nina.

„Entschuldigen Sie“, sagte die Mutter, „bestimmt hört er gleich auf mit dem Gemaule.“

„Ach, schon gut“, sagte Nina und lächelte. Wie mochte es sich wohl anfühlen, wenn man drei kleine Kinder hatte. Sie beneidete die Frau, die offenbar kurz davor schien, die Nerven zu verlieren. „Warten Sie“, sagte Nina, „ich habe da vielleicht etwas, das vom Lolli ablenken könnte.“ Sie setzte ihren Rucksack auf den Boden und kramte kurz darin herum. Dann zog sie ein kleines buntes Büchlein hervor und reichte es der Mutter. „Vielleicht hilft das ja.“

„Oh“, sagte die Mutter, „das ist ja wirklich sehr nett von Ihnen.“

Im nächsten Moment hatte der bisher quengelnde Sohn ihr das Buch entrissen und blätterte nun neugierig darin herum.

„Es geht da um einen kleinen Jungen, der auf den Mond fliegen möchte“, erklärte Nina. „Es war das erste Buch, das ich jemals geschrieben habe.“

„Das ist von Ihnen?“, fragte die Mutter mit leichter Ehrfurcht in der Stimme. Sicher konnte sich die ausgepowerte Frau gar nicht vorstellen, wie es war, wenn man seine Ruhe hatte und an einem Buch arbeitete.

„Ja“, sagte Nina, „aber denken Sie jetzt nur nicht, dass ich eine berühmte Schriftstellerin bin. Es sind nur ein paar Kinderbücher, die ich geschrieben habe.“

„Das finde ich total klasse“, sagte die Mutter und sah nun gemeinsam mit ihrem Sohn in das Buch. „Ich wünschte, ich hätte mal die Zeit dafür, einfach das zu tun, wonach mir gerade der Sinn steht.“

„Wünschen wir uns nicht immer das, was wir gerade nicht haben“, sinnierte Nina und in dem Moment griff Wanderkorn, der die Unterhaltung schweigend mit angehört hatte, nach ihrer Hand und drückte sie ganz fest.

„Ja, da haben Sie wohl recht“, pflichtete ihr die Mutter nun bei und sah wieder zu ihr. „Eigentlich liebe ich meine Schreihälse ja über alles. Nur manchmal, da ... ach, Sie wissen schon.“

„Auf jeden Fall geht es jetzt nicht mehr um den Lolli“, lachte Nina.

Das Gespräch schien vorbei und sie sah nun mit ihrem Mann hinaus aufs Meer.

Die Überfahrt mit der Fähre dauerte rund neunzig Minuten und Nina genoss jede einzelne davon. Es gab kein schönes Geräusch, als das, wenn sich die Wellen brachen und gegen die Fähre klatschten. Das Glitzern der Sonne auf der Wasseroberfläche wirkte wie tausend kleine Diamanten, nach denen man nur zu greifen brauchte, wenn man das Glück suchte. Plötzlich erschien ihr das Leben in Düsseldorf wie ein unaushaltbarer Zustand im Vergleich zu der Weite, die ihr hier die Arme entgegenstreckte. Sie lebten in der Großstadt wie in einem Hamsterrad. Dieser Gedanke kam ihr gewiss nicht zum ersten Mal. Sie war auf dem Land aufgewachsen, auch, wenn es nicht so platt wie in Ostfriesland gewesen war, so hatte sie das Leben dort genossen. Erst, als Sören die Leitung der Sondereinheit bei der Kriminalpolizei in Düsseldorf übernommen hatte vor fast zwölf Jahren, da waren sie in die Stadt gezogen. Weil es praktischer war für ihn, um zu seinem Arbeitsort zu kommen. Wären sie auf dem Land geblieben, dann hätte er sich aufgrund seiner Arbeitseinsätze eine Wohnung gemietet, wo er hätte im Notfall übernachten können. Das wollten sie beide nicht. Es ging ihr so vieles beim Anblick der schaukelnden Wellen durch den Sinn, worüber sie schon sehr lange gar nicht mehr nachgedacht hatte. Das war sicher ein Zeichen, dass die Entschleunigung langsam einsetzte. Sie freute sich sehr auf die nächsten drei Wochen.

Dann legte die Fähre an und die Menschen eilten zu ihrem Gepäck. Jeder wollte offenbar der erste sein, der die Insel betrat. Wanderkorn und Nina indes hatten es nicht sehr eilig. Sie blieben noch eine Weile sitzen, bis sich das Oberdeck geleert hatte. Dann standen auch sie auf und gingen nach unten. Nur noch wenige Taschen und Koffer standen neben ihren und sie verließen die Fähre.

„Sieh nur“, rief Nina aus, als sie an Land gegangen war. „Dort ist tatsächlich eine Pferdekutsche, genauso, wie du es mir vorgelesen hast, als du diesen Urlaub gebucht hast.“

„Möchtest du, dass wir eine nehmen und damit zum Hotel fahren?“, fragte er zurück. Es amüsierte ihn, sie so zu sehen. Wie ein kleines Mädchen auf Klassenfahrt. Sie hatte ihren jugendlichen Charme noch nicht eingebüßt, auch wenn sie langsam auf die fünfzig zuschritt.

„Wie weit ist es denn bis zu unserem Hotel?“, fragte sie zögerlich. „Ich meine, wir können ja auch immer noch mit einer Kutsche über die Insel fahren, das muss ja nicht gleich heute sein.“

Auch das war typisch für Nina, dachte er, immer versuchte sie, zu sparen. Er würde ihr nicht sagen, was diese drei Wochen auf der Insel kosteten, nahm er sich vor. Sie sollte einfach nur unbeschwert und glücklich sein. „Es mögen rund fünfhundert Meter oder so sein“, gab er zur Antwort.

„Also, das können wir aber wirklich zu Fuß gehen“, meinte sie und zog die Stirn kraus.

„Ach was“, sagte er und dann winkte er einem Kutscher zu, der auf Fahrgäste zu warten schien. „Wenn wir schon mal hier sind, dann wollen wir auch alles mitnehmen.“ Schon ging er auf die Kutsche los und sie folgte ihm. Wanderkorn hievte die Koffer und Ninas Rucksack hinein und dann nahmen auch sie beide Platz.

„Wo soll es denn hingehen?“, fragte der Kutscher und nahm von ihnen persönlich kaum Notiz.

„Zum Strandhotel“, erwiderte Wanderkorn.

„Aha. Und zu welchem? Wir haben da zwei.“

„Ach so, Moment.“ Wanderkorn kramte in seiner Jackentasche herum, wo er die Buchung ausgedruckt eingesteckt hatte. „Es ist das Kurhaus, falls das weiterhilft.“

„Oh, das Kurhaus“, wiederholte der Kutscher, „sehr feudal. Dann wollen wir mal.“ Er machte ein schnalzendes Geräusch und zog kurz an den Zügeln seiner Pferde. Diese setzten sich darauf in Bewegung. Die Fahrt ging los.

„Ob das den Tieren Spaß macht“, flüsterte Nina ihrem Mann zu.

„Es ist ihr Job“, flüsterte er zurück. „Mach dir darüber keine Gedanken. Sie sehen doch gesund und wohlgenährt aus.“

Sie nickte und sah sich die Gegend an. Sie fuhren an vielen Gästen vorbei, die sich zu Fuß zu ihrer Unterkunft auf den Weg gemacht hatten. Und es dauerte gar nicht lange, da hielt die Kutsche und der Kutscher drehte sich um.

„Da wären wir“, sagte er, „macht zwanzig Euro.“

Wow, dachte Wanderkorn. Und er mochte sich gar nicht ausmalen, was seiner Frau gerade durch den Kopf ging. Dann zog er sein Portemonnaie heraus und bezahlte mit einem Schein. Dann nahm er das Gepäck heraus. Die Kutsche setzte sich wieder in Bewegung zu einem neuen Ziel.

„Das ist unser Hotel?“, fragte Nina und sie konnte es kaum glauben. „Das ist ja praktisch ein Palast. Das kostet sicher ein Vermögen, hier zu wohnen.“

„Schatz“, sagte er, während er ihr einen Kuss auf die Stirn drückte, „mach dir darüber bitte keine Gedanken. Wie viele Jahre waren wir beide jetzt nicht in Urlaub? Na also. Ich finde, wir haben uns mal eine richtig schöne Auszeit in einem feudalen Hotel verdient.“

Er nahm die Koffer und zog sie mit sich, während Nina ihm mit ihrem Rucksack über der Schulter folgte.

Nach dem Check-in wurden sie von einem Pagen in den zweiten Stock zu ihrem Appartement geführt. Wanderkorn zog wieder sein Portemonnaie hervor und klaubte ein paar Silbermünzen zusammen. Dann waren er und Nina alleine, als sich die Tür hinter dem Pagen schloss.

„Das ist der Wahnsinn“, stieß Nina aus und sie ließ sich rücklings auf das große weiche Bett, das direkt vor dem großzügigen Panoramafenster stand, fallen. „Das ist, als wäre ich im Paradies angekommen.“

„Man kann von hier aus aufs Meer sehen“, erwiderte er. Auch er hatte es sich nicht derart traumhaft ausgemalt. Mit dem Paradies lag seine Frau gar nicht so falsch. Und die Preise waren dort sicher ähnlich wie hier. Sie hatte recht, er zahlte ein Vermögen für diese drei Wochen. Doch die Zeit mit Nina war ihm jeden Euro wert.

Nina war vom Bett hochgekommen und nun stand sie neben ihm am Fenster.

„Ich liebe dich“, sagte sie und legte ihre Arme um ihn.

„Ich liebe dich auch.“

Draußen schien die Sonne und viele Spaziergänger waren am Strand unterwegs.

„Komm“, sagte sie, „wir sollten auch rausgehen, oder?“

„Natürlich. Ich mache mich nur kurz frisch und ziehe mit etwas Inselinseltaugliches an."

Bald darauf gingen sie Hand in Hand in Shorts und Sandalen wie typische Touristen durch den Ort, setzten sich in ein Café, machten einen Abstecher zum Strand und hielten ihre nackten Füße ins Wasser.

Der Inselpolizist

Am nächsten Morgen war Nina alleine im Appartement, nachdem sich Wanderkorn nach dem üppigen Hotelfrühstück auf den Weg gemacht hatte, die Insel zu umrunden. Ein Spaziergang von nur drei Stunden, wie er mit einem Lächeln angemerkt hatte, bevor er losging. Für Nina war das nichts. Mal an den Strand gehen, ja, okay. Aber stundenlang zu laufen, danach stand ihr nicht der Sinn. Sie hatte eher Lust, die Geschäfte zu erkunden. Hier und da eine Kleinigkeit als Andenken zu erstehen und vor allen Dingen wollte sie sich ein schönes Buch kaufen, mit dem sie sich auf die Terrasse des Hotels setzen würde, um zu schmökern. Sie las einfach für ihr Leben gern. Sie rieb sich mit dem linken Zeigefinger über ihr rechtes Auge. Heute hatte sie wieder dieses Gefühl, dass sich darin ein Fremdkörper befand. Sie ging rüber ins Bad und träufelte sich ein paar Tropfen hinein und sie hoffte, dass es sich bald legen würde. Im Urlaub wollte sie wirklich nicht andauernd an ihre bedrohliche Augenerkrankung denken. Danach schlüpfte sie in eine helle Sommerhose und dazu streifte sie ein weißes Shirt über. Es war warm draußen, das spürte man auch im Hotel. Deshalb legte sie sich nur ein leichtes buntes Seidentuch über die Schultern und stieg in ihre dunkelblauen Sandalen. Danach nahm sie ihre Tasche und machte sich auf den Weg.

Es waren viele Menschen wohl mit dem gleichen Gedanken unterwegs und schon bald tauchte Nina ein in die Menge, was ihr sichtlich guttat. Gutgelaunte Stimmen um sie herum, Kinder die lachten. Das lenkte sie von allen bösen Gedanken ab. Und ihrem Auge ging es auch schon wieder besser. Als Erstes ging sie in eine kleine Boutique, ohne den Hintergedanken, etwas kaufen zu wollen. Meistens steuerte sie als Erstes immer den Ständer mit den Tüchern an, weil sie diese liebte. Zuhause in ihrem Schrank gab es Unzählige davon, viele, die sie schon lange nicht mehr getragen hatte. Doch sie schaffte es einfach nicht, sich davon zu trennen. Ein blaugrünes Tuch aus weichem Material hatte es ihr besonders angetan. Es war groß, so dass man es sich sogar als Badetuch hätte umwickeln können, wenn man am Strand war. Sie fackelte nicht lange und suchte nach dem Preis. Der ließ sie dann doch kurz taumeln. Über zweihundert Euro sollte das Tuch kosten. Das hätte sie auch in Düsseldorf dafür bezahlen müssen, das war klar. Aber das war immerhin eine Großstadt. Ach, was soll's, dachte sie und ging mit dem

Tuch zur Kasse. Die junge Frau, die abkassierte, schickte ihr noch mit auf den Weg, dass die Farben des Tuches besonders zu ihren grünblauen Augen passen würden. Nina quittierte es mit einem Lächeln.

Jetzt kaufe ich aber nur noch ein Buch, dachte sie, als sie sich in ein kleines Café im Außenbereich setzte. Ja, im Grunde ärgerte es sie nun sogar, dass sie wieder schwach geworden war. Wann würde sie dieses Tuch jemals tragen. Bestimmt verschwand es zu ihren anderen Schätzen im Schrank. Für einen Moment spielte sie mit dem Gedanken, es zurückzugeben. Doch diese Blöße wollte sie sich dann doch nicht geben. Sie bestellte sich einen Kaffee und ein Stück Apfelkuchen mit Sahne. Das sollte sie für einen Moment vom eigenen Ärgernis ablenken können. Und tatsächlich, schon bald war sie wieder in der guten Stimmung von vorhin, als sie das Hotel verlassen hatte. Was waren schon zweihundert Euro, wenn man in Urlaub war. Sie genoss die Sonne, die ihr ins Gesicht schien und sie schloss für einen Moment die Augen. Es wäre wirklich dumm gewesen, den schönen Augenblick nicht zu genießen und kleinkrämerisch herumzurechnen. Sören verdiente sehr gut und ihre Einnahmen mit den Kinderbüchern erlaubten es ihr, sich diesen Luxus zu gönnen.

Nachdem sie gezahlt hatte, erkundigte sie sich bei der Bedienung noch nach der Adresse der Buchhandlung.

Gerne gab diese darüber Auskunft. Auch das war Nina aufgefallen, hier waren alle Bediensteten immer freundlich, selbst, wenn man ahnte, welchen Stress sie hatten. Dann machte Nina sich auf den Weg dorthin.

Wanderkorn war vom Hotel aus direkt an den Strand gegangen und von dort aus hatte er Richtung Westen mit seinem Rundgang begonnen. Mittlerweile war er beim Hammersee angekommen. Auf einer Hinweistafel wurde er darüber informiert, dass dieses Süßwasser einst durch eine Sturmflut entstanden war. Nun bot es vielen Tieren einen Wohnraum zum Leben. Er setzte sich auf eine Bank, um eine kurze Verschnaufpause zu machen. Mit über fünfzig war er auch nicht mehr der fitteste, um drei Stunden am Stück zu laufen. Und im Sand, so hatte er festgestellt, lief es sich ein wenig anstrengender als erwartet. Außerdem waren seine Schuhe, die er sich extra neu für den Urlaub angeschafft hatte, zwar schick, aber eben nicht so bequem wie seine alten Treter, die nun zuhause auf ihn warteten. Er ärgerte sich über diesen echten Anfängerfehler. Wer kaufte sich eigentlich neue Schuhe, wenn er wegfuhr. Das war kindisch. Nina hatte ihm noch davon abgeraten gehabt. Es wird niemand auf deine Füße sehen, glaube mir, hatte sie gesagt. Doch er wusste es natürlich mal wieder besser. Und das rächte sich nun. Vorsichtig streifte er den linken Schuh ab und zog an der Socke, da sah er schon die tiefrote Färbung an seiner Ferse. Na, das konnte ja heiter werden. Und er hatte noch nicht einmal die Hälfte seiner Strecke geschafft. Auf keinen Fall aber würde er jetzt umdrehen und sich vor Nina als Heulsuse präsentieren. Das erlaubte sein Stolz einfach nicht. Er stand auf und kurz darauf hielt er seinen Fuß in den Hammersee, um ihn ein wenig abzukühlen. Das tat wirklich gut. Er merkte, dass ihn jemand aus einiger Entfernung beobachtete, weshalb er seinen Schuh hochhielt und auf seinen Fuß deutete. Der andere Spaziergänger rief etwas, das Wanderkorn nicht verstand und ging lachend weiter.

Nach weiteren zehn Minuten zog Wanderkorn Socke und Schuh ganz vorsichtig wieder über. Er biss die Zähne zusammen und ging weiter. Er sah aufs Meer, das würde ihn vielleicht ein wenig vom Schmerz ablenken. Diese Weite dachte, er ... aua ... oh nein, wie sollte er das bloß aushalten. Hätte er doch nur ein Pflaster dabei gehabt, das er auf die Rötung hätte legen können. Das würde den Druck durch den Schuh etwas abfedern. Aber natürlich hatte er nichts dergleichen mitgenommen, ignorant, wie er war. Ein Groll stieg in ihm hoch, der den Schmerz für einen Moment sogar vergessen ließ. Bald darauf erreichte er das verwunschene Wäldchen, wie er auf einem Schild las. Und da kam ihm dann eine rettende Idee. Er pflückte sich ein paar Blätter von einem Baum und danach setzte er sich auf einen alten knorrigen Ast, um den bösen Schuh erneut abzustreifen. Er lupfte die Socke und legte die Blätter auf die Ferse. Alleine die Abkühlung, die ihm diese bescherten, war ein schönes abmilderndes Gefühl. Die Zeit bei den Pfadfindern war wohl doch nicht ganz umsonst gewesen. In der Natur gab es viele Heil- und Hilfsmittel, fiel ihm wieder ein. Die Blätterschicht war dick genug, so dass er den Schmerz tatsächlich kaum noch oder bestenfalls noch gedämpft spürte, als er den Schuh vorsichtig wieder anzog. Gut gelaunt ging er weiter.

Wanderkorn hatte keine weitere Pause gebraucht, so gut ging es seinem Fuß mittlerweile. Er hatte den Hafen umrundet und nun stand er vor der kleinen Polizeiwache. Er musste schmunzeln. Wenn da überhaupt jemand arbeitete, dann vermutlich nur eine Person. Wie sich so etwas wohl anfühlen mochte. Er ging weiter an das aus roten Klinkern gemauerte Gebäude heran und legte die Hände vor der Sonne schützend über seine Augen, um durch das Fenster hineinzusehen. Nein, dachte er, wie niedlich. Zwei Kinderschreibtische und ein Computer, der wohl auch schon in die Jahre gekommen war. Aber vermutlich passierte auf einer kleinen Insel wie Juist sowieso nicht viel. Höchstens mal ein paar betrunkene Urlaubsgäste, die sich in die Wolle bekamen.

„Na?"

Wanderkorn erschrak, weil er nicht gehört hatte, dass sich ihm jemand genähert hatte. Schnell drehte er sich um. Vor ihm stand ein älterer Herr in Uniform. Beziehungsweise einer dunkelblauen Hose und einem hellblauen Hemd. Das konnte nur der Inselpolizist sein.

„Hallo", sagte Wanderkorn. „Entschuldigen Sie, ich wollte einfach nur mal einen Blick hineinwerfen."

„Das machen viele", erwiderte der Mann, „ich bin übrigens Dirk Flessner, der Dorfsheriff, wie man mich allgemein nennt."

„Sören Wanderkorn, Kriminalpolizei." Das war ihm tatsächlich nur so herausgerutscht, weil er das Zuhause in Düsseldorf ständig herunterbetete bei seinen Einsätzen. Deshalb zog er eine Schnute. Er hatte sich bestimmt nicht wichtigmachen wollen. Hoffentlich nahm ihm das dieses Landei nicht übel.

„Oh", sagte Flessner, „Kriminalpolizei." Er legte die Hände in die Seiten und wiegte seinen Kopf anerkennend hin und her.

„Sorry, das ist mir nur so rausgerutscht", erklärte Wanderkorn, „ich bin tatsächlich nur als Urlauber hier. Ich wollte mich nicht wichtigmachen."

„Na, das werden wir noch sehen. Kommen Sie doch einfach mal mit rein."

Flessner zog einen Schlüssel aus der Hosentasche und schloss die grün gestrichene Tür auf. Sich nicht mehr zur Wehr setzend folgte Wanderkorn ihm in die kleine Dienststelle. Flessner blieb hinter ihm und ließ die Tür offenstehen. Außerdem machte er noch das eine Fenster in der Nähe seines Schreibtisches auf, bevor er sich daran setzte.

„Bitte", sagte er und wies auf einen kleinen braunen Stuhl ohne Kissen, der vor seinem Schreibtisch stand. Wanderkorn nickte und nahm Platz. „Sie sind also tatsächlich Kriminalkommissar", wiederholte Flessner und dabei fixierte er sein Gegenüber mit zusammengekniffenen Augen. „Wo kommen Sie denn her?"

„Aus Düsseldorf", antwortete Wanderkorn und er rückte auf der glatten Sitzfläche des Stuhles hin und her. „Ich leite dort die Sondereinheit."

„Junge junge", machte Flessner, „das hatte ich hier auch noch nicht in meiner Dienststelle. Trunkenbolde und Kleinkriminelle, das ja. Aber einen echten Kriminalkommissar."

Wanderkorn wurde das Herumgehacke auf seinem Status langsam etwas unangenehm. Nur weil dieses

Landei seine Scholle noch nie verlassen hatte, war ein Kriminalkommissar nur wirklich kein Alien.

„Wie gesagt, es ist eigentlich nichts Besonderes“, murmelte er und sah zum offenen Fenster. Wäre er doch nur weitergegangen und hätte nicht hineingesehen.

„Ich hätte da was für Sie“, knurrte Flessner und er griff nach einer Mappe, die vor ihm auf dem Schreibtisch lag. „Eine ganz frische Leiche. Erst heute Morgen aufgefunden worden. Tot im Stall bei seinen Gäulen.“ Er schob die Mappe rüber zu Wanderkorn.

Er veräppelt dich doch nur, dachte Wanderkorn. Doch der Blick von Flessner sagte ihm etwas anderes. Er wirkte sehr ernst, als er die Mappe losließ. Also schlug Wanderkorn diese auf. Es lag ein Bericht und ein paar Fotos darin. Auf dem ersten Bild sah man einen Mann bäuchlings im Stroh liegen. Zu erkennen waren auch ein paar Pferdebeine. Auf dem nächsten Foto hatte man den Toten bereits umgedreht und Wanderkorn schrak zurück.

„Ich kenne diesen Mann“, sagte er tonlos, „er hat uns gestern, also meine Frau und mich, er hat uns gestern, als wir hier auf der Insel ankamen, mit seiner Kutsche zu unserem Hotel gefahren.“

„Ach ne“, sagte Flessner gedehnt, „das ist ja interessant.“

„Naja, das ist wohl Zufall“, würde ich sagen, wiegelte Wanderkorn ab. „Er hat uns nur bei dem Hotel abgesetzt und ist weitergefahren. Mehr kann ich nicht über den Mann sagen.“ Sein Ziel war es nun, hier so schnell wie möglich wieder rauszukommen. Am besten, er würde Nina gar nichts von dem Vorfall erzählen. Schließlich waren sie hier in Urlaub. Und im Moment sah es ganz danach aus, als ob dieser Flessner es sich in den Kopf gesetzt hätte, ihn in die Sache mit reinzuziehen. Hätte er doch nur seinen Mund gehalten, was den Toten betraf. Wieso hatte er nur erwähnt, dass er ihn kannte. Aber so war er einfach, er konnte nicht aus seiner Haut. Was ihm auf der Zunge lag, das fand immer schnell seinen Weg nach draußen. So ein Mist aber auch.

Es gab wohl nicht ein Buch, das Nina während der Stunde, die sie nun schon in der Buchhandlung gestöbert hatte, nicht in die Hand genommen hätte. Ein paar Krimis hatten ihr zugesagt, doch auf Juist, da wollte sie irgendwie etwas anderes lesen. Es musste ja nicht immer Mord und Totschlag sein. Davon hörte sie von ihrem Mann zuhause wirklich schon genug. Vielleicht eine Liebesgeschichte, dachte sie, als sie einen ziemlichen Wälzer in die Hände nahm, der als solcher deklariert war. Es ging natürlich um eine enttäuschte

Frau, die sich nach dem Ende einer Beziehung erst einmal eine Auszeit ganz weit weg von zuhause nehmen wollte. Und dann traf sie natürlich durch Zufall auf einen Mann, der eigentlich gar nicht ihr Typ war. Hm, dachte Nina, eigentlich war ja klar, wie das ausging. Und trotzdem liebten die Menschen genau solche Geschichten, weil ihr eigenes Leben meistens in der Enttäuschung steckenblieb.

„Gar nicht so einfach, das Richtige zu finden, oder?“

Nina drehte sich um und sah in die blauesten Augen, die sie jemals gesehen hatte.

„Ähm, nein, das stimmt.“

„Eben waren Sie noch bei den Krimis“, lächelte er. „Ich könnte Ihnen da durchaus einige empfehlen, wenn Sie möchten. Oder soll es doch lieber die große Liebe sein?“

Er flirtet mit mir, dachte Nina. Sie spürte, dass sie rot anlief.

„Auf jeden Fall ein Krimi“, sagte sie und sie hoffte, dass ihr Gesicht gleich wieder den hellen Teint annahm, um den sie viele Frauen beneideten.

Der junge Mann in heller Hose und kleinkariertem hellblauem Hemd ging voraus. Die Ärmel waren hochgekrempelt und seine schlanken langen Arme waren von der Sonne gebräunt und sahen wirklich zum Anbeißen aus. Sie sah zu Boden, weil sie sich für diesen

Gedanken schämte. Doch da kam es noch schlimmer. Seine Hose war nur dreiviertel lang und so konnte sie auch auf seine schmalen Fesseln sehen. Seine Füße steckten braungebrannt und nackt in schwarzen modisch angesagten Sandalen. Ich kaufe jetzt einfach irgendeinen Krimi und dann haue ich hier schleunigst ab, dachte Nina.

Dann blieb er vor einem Regal stehen und zog ein Buch von etwa zweihundert Seiten heraus und hielt es ihr hin.

„Das ist nicht so ein dickes Buch“, erklärte er, „aber der Krimi hat es wirklich in sich, das dürfen Sie mir glauben.“

„Ich nehme das Buch“, sagte Nina, ohne es sich weiter angesehen zu haben.

„Tatsächlich?“

„Ja, unbedingt. Ich habe ein wenig getrödelt und jetzt muss ich langsam wieder los. Und wenn Sie sagen, dass der Krimi gut ist, dann vertraue ich auf ihr Urteil.“

„Gerne.“ Er ging Richtung Kasse.

Nina stellte ihre Tasche auf dem schmalen Regal vor dem Tresen ab und es kam, wie es kommen musste. Als sie in ihrem Portemonnaie, das sie herausgezogen hatte, herumkramte, fiel ihre Tasche zu Boden und der Inhalt breitete sich rund um sie herum aus.

„Oh nein, wie ungeschickt“, schimpfte sie mit sich selber und sie beugte sich herab, um alles wieder einzusammeln.

Der Verkäufer war um den Tresen herumgekommen, um ihr zu helfen. Nun hielt er einige Exemplare des kleinen broschierten Kinderbuches in der Hand, das von dem kleinen Jungen erzählte, der auf den Mond fliegen wollte. Fragend sah er Nina an. Dabei lächelte er nicht mehr.

„Ich habe die nicht gestohlen, falls sie das denken“, sagte Nina ärgerlich klingend. „Die sind von mir.“

„Sie sind Nina Wanderkorn?“

„Ja.“ Sie griff nach den kleinen Büchern und zog sie ihm aus den Fingern.

„Wow“, sagte er und lächelte wieder, „meine kleine Nichte ist verrückt nach Ihren Büchern. Wenn ich ihr erzähle, dass Sie hier in der Buchhandlung waren, dann möchte sie bestimmt ein Autogramm von Ihnen haben.“

Nina hatte mittlerweile alles wieder in ihre Tasche gestopft und sah ihn mit hochrotem Kopf mürrisch an.

„Ich bin hier nur in Urlaub“, sagte sie patzig. „Kann ich bitte den Krimi bezahlen. Ich habe es wirklich eilig.“

„Ja sicher, entschuldigen Sie bitte.“

Schnell ging er wieder hinter den Tresen und nannte ihr den Betrag, den sie zu zahlen hatte. Nun tat er ihr ein wenig leid. Er hatte ja nichts falsch gemacht, außer, dass er einfach gut aussah und sie aus der Fassung gebracht hatte.

„Es tut mir leid“, sagte sie, „eigentlich bin ich nicht so zickig.“

„Ach nein?“ Betont ernst sah er sie an.

Dann prusteten beide los vor Lachen.

Wanderkorn hatte im Hotelzimmer nachgesehen, als er von seiner Exkursion zurückgekehrt war, weil er seine Frau unten im Essbereich nicht hatte finden können. Doch auch dort war sie nicht. Und so nutzte er die Zeit bis zu ihrer Rückkehr, um sich vollumfänglich seinem lädierten Fuß zu widmen. Er ließ etwas Wasser in die Duschwanne ein und tauchte seine beiden Füße in ein warmes Kamillenbad. Das tat wirklich tut. Nie wieder werde ich neue Schuhe mit in den Urlaub nehmen, schwor er sich, als er sogar ein wenig schläfrig wurde in seinem Korbstuhl.

„Sören?“

Das war Nina, die nach ihm rief.

„Ich bin im Bad, Liebling“, antwortete er und zog die Füße aus dem Wasser, das schon langsam abkühlte. „Ich bin sofort bei dir.“

Schnell zog er sich frische Socken an und ging hinüber zu Nina, die sich vor das große

Panoramafenster gesetzt hatte und in einem Buch las. Als sie ihn hörte, sah sie auf.

„Ein neues Buch?", fragte er und ging zu ihr, um ihr einen Kuss auf die Wange zu geben.

„Ja", erwiderte sie gutgelaunt, „stell dir das mal vor, ich war in der Inselbuchhandlung und da kamen wir zufällig auf meine Tätigkeit als Kinderbuchautorin zu sprechen. Und weißt du was, man möchte mich dort für ein oder sogar zwei Lesungen einladen."

„Wow", erwiderte er, „das ist ja wirklich ein voller Erfolg." Im Moment wusste er noch nicht, wie er ihr seine Kröte, dass er nun vom Inselsheriff dazu verdonnert worden war, bei einem Mordfall zu helfen, so sanft wie möglich in den Magen drücken sollte. Und das jetzt, wo sie so gut gelaunt war. Am besten, er schob das Ganze noch ein wenig auf. Vielleicht bis zum Abend, wenn sie ins Restaurant gingen und guten Wein tranken. In solch einer Stimmung, da ließ es sich vielleicht leichter über tote Kutscher sprechen. Er setzte sich zu ihr und sah mit ihr aufs Meer.

„Und wie war dein Ausflug?", fragte Nina.

„Sag mal, wollen wir vielleicht eine Kleinigkeit essen gehen?", gab er zurück.

„Hm", machte Nina, „einen Salat würde ich schon gerne essen. Bis zum Abend ist es doch noch eine ganze

Weile hin.“ Sie verschwieg, dass sie bereits ein Stück Kuchen mit Sahne verdrückt hatte.

„Na, dann lass uns doch ins Restaurant gehen, ich habe gesehen, dass das Buffet bereits angerichtet ist. Es sind schon einige Gäste dort.“

Sie machten sich fertig und verließen ihr Hotelzimmer.

Beim Essen ließ er sich dann von ihr noch einmal haarklein berichten, was sich in der Buchhandlung zugetragen hatte.

„Sören“, sagte sie dann, als sie geendet hatte, „und jetzt raus mit der Sprache. Ich kenne dich wirklich lange genug, um zu wissen, dass du mir etwas verschweigst.“

„Oh, sieht man es mir so deutlich an?“, fragte er geknickt. Für einen Moment dachte er daran, ihr von seinem Malheur mit den Schuhen zu berichten. Doch dann entschied er sich anders. Er wollte nicht wie ein Jammerlappen wirken. „Nun ja“, sagte er, „ich habe vieles gesehen bei meiner Inselumrundung, einen schönen See, einen urigen Wald, schöne alte Gebäude und ...“.

„Und?“

„Naja, ich weiß auch gar nicht, wie es geschehen konnte, aber irgendwann, da saß im Büro der Inselpolizei.“

Sie lachte. „Das hätte ich mir ja denken können, du kannst einfach nicht ohne deine Arbeit."

„Aber so war es nicht", protestierte er, „ich bin gewiss nicht freiwillig da reingegangen, aber der Dorfsheriff hat mich dabei erwischt, wie ich durchs Fenster hineinsah. Und schwupp, war ich in seinen Fängen und es gab kein Entrinnen mehr für mich."

„Da hat er dich bestimmt in die vielen Verbrechen der Insel eingeweiht, oder?", neckte Nina ihn.

„Ach", seufzte Wanderkorn, „wenn es nur das gewesen wäre."

Nun wurde sie ernster.

„Was ist denn passiert?", fragte sie einer Eingebung folgend.

„Es gab einen Mord", erwiderte Wanderkorn und er war froh, es endlich ausgesprochen zu haben. „Heute Morgen hat man einen Kutscher tot im Stroh bei seinen Pferden gefunden."

„Nein", stieß Nina ungewollt lauter aus, so dass sich einige Gäste zu ihnen beiden umsahen. Mit gesenkter Stimme fuhr sie deshalb fort: „Aber du hast doch hoffentlich nichts mit der Sache zu tun, oder?"

Er wusste, wie sie es meinte. Und doch konnte er ihr die Kröte, die eigentlich für den Abend gedacht war, nun nicht mehr ersparen. „Dirk Flessner erwartet meine Hilfe", murmelte er.

„Aber warum? Du hast ihm doch hoffentlich gesagt, dass wir hier nur Urlaub machen.“

„Natürlich habe ich das“, antwortete er, „aber da gibt es noch etwas. Der Kutscher, den man tot aufgefunden hat, er ist derselbe Mann, der uns beide gestern zum Hotel gebracht hat.“

„Nein“, rief Nina wieder aus. Dann senkte sie die Stimme wieder. „Bist du dir da ganz sicher.“

„Absolut. Flessner hat mir Fotos gezeigt.“

„Mein Gott“, sagte Nina und schob ihren fast leeren Teller zur Seite, „wären wir doch nur woanders hingefahren. Aber vermutlich wärst du auch da wieder in einen Fall geraten.“ Sie lächelte ihn an. „Also, wenn du ihm wirklich helfen möchtest, dann mach das ruhig. Schließlich habe ich auch eine Lesung angenommen, was ja streng genommen auch Arbeit bedeutet.“

„Danke Liebes“, sagte Wanderkorn sichtlich erleichtert.

„Aber wer hat diesen Mann nur umgebracht“, sagte Nina und sie versuchte, sich das Gesicht des Mannes in Erinnerung zu rufen, der sie gefahren hatte. So recht gelang es ihr allerdings nicht. Dafür war er ihr zu unwichtig gewesen. Im Nachhinein, wo er nun tot war, tat es ihr ein wenig leid.

„Tja“, seufzte Wanderkorn, „da man ihn heute Morgen erst gefunden hat, gibt es natürlich noch keine großartigen Erkenntnisse dazu.“

„Natürlich. Und wie sieht deine Mitarbeit hier auf der Insel nun aus?“

„Flessner weiß, dass ich hier nur Urlaub mache“, versicherte Wanderkorn noch einmal, „er bat mich nur, Augen und Ohren offenzuhalten und für morgen früh hat er mich wieder zum Tee eingeladen.“

„Verstehe.“ Sie zwinkerte ihm zu.

„Aber wenn du etwas dagegen hast und etwas anderes unternehmen möchtest, dann sage ich ihm natürlich ab“, beeilte er sich, zu sagen.

„Nein, das musst du nicht. Ich habe ja mein neues Buch. Du weißt, wie gerne ich in der Sonne sitze und lese. Und wenn du auf Verbrecherjagd gehst, dann brauche ich auch kein schlechtes Gewissen zu haben, dass ich wohl eher ein Faultier bin.“ Sie lächelte ihn an.

Zufrieden aßen sie zu Ende und bestellten sich im Anschluss noch einen Espresso nach dem Essen. Danach gingen sie nach oben auf ihr Zimmer, wo Wanderkorn sich aufs Bett legte, um ein wenig zu schlafen. Nina ging nach draußen auf die kleine Terrasse und setzte sich in einen gemütlichen Korbstuhl, um zu lesen. Allerdings fielen auch ihr bald die Augen zu, so dass sie in einen leichten Schlaf fiel, der ihre Träume wieder Richtung Buchhandlung schickte.

Insel in Aufruhr

Natürlich machte es auf dem kleinen Eiland schnell die Runde, dass es einen Mord ausgerechnet auf dem schönen Töwerland gegeben hatte. Das Telefon beim Inselsheriff stand gar nicht mehr still, nachdem Wanderkorn ihn verlassen hatte. Es war nicht so, dass viele etwas zum Tod von Hannes Blank, dem stummen Kutscher, wie ihn viele genannt hatten, beizutragen gewusst hätten. Nein, sie wollten einfach nur ein paar Details von Flessner hören, um dann mit ihren Nachbarn darüber zu diskutieren, was da wohl vorgefallen sein könnte.

Flessner selbst kannte den Kutscher natürlich auch. Jedenfalls vom Sehen. Es stimmte schon, er war ein ziemlich ruhiger Geselle gewesen. Aber wer hatte schon immer Lust, sich zu unterhalten, wenn er den ganzen Tag Feriengäste durch die Gegend kutschierte. Bei seinen Befragungen der anderen Kutscher hatte Flessner in Erfahrung gebracht, dass Blank sich lieber mit Pferden unterhielt. Insofern fand Flessner sein Ende im Stall bei den Tieren auch ganz passend. Es hätte schlimmer kommen können. Zum Beispiel als Treibgut im Meer. Ertrunken und an Land gespült. Nein, so war es eigentlich ganz gut gelaufen. Der Leichnam war noch am gestrigen Nachmittag fast ohne großes Aufsehen von der Insel geflogen worden, um in der Gerichtsmedizin weiter untersucht zu werden.

Nun saß Flessner wieder in seinem Büro und setzte einen dritten Ostfriesentee für diesen Tag an, weil er gleich Besuch bekommen würde. Von keinem geringeren als diesem Kriminalkommissar. Auch davon hatte er einigen erzählt, dass er jetzt einen wirklich gewichtigen Ermittler zur Seite habe, der ganz aus Düsseldorf angereist war. In einem Nebensatz erwähnte er dann auf Nachfragen, dass dieser Mensch eigentlich Urlaub machte. Dass er ihn praktisch am Kragen packend mit ins Dienstzimmer gezogen hatte, das behielt er lieber für sich. Es klang immer gut, wenn man überregional vernetzt war. Und Flessner konnte sich jetzt damit weiden.

Der Tee war gerade fertig und stand in einer Keramikkanne auf einem Stövchen, als die Tür aufging und Wanderkorn hereinkam.

„Pünktlich wie die Maurer“, lachte Flessner, „der Tee ist gerade fertig.“

„Das klingt doch gut“, sagte Wanderkorn und schloss die Tür hinter sich. Dann ging er wieder zu Flessners Schreibtisch und setzte sich auf den kargen Stuhl davor.

Flessner schenkte für beide Tee ein und schob Wanderkorn Kandis und Sahne rüber.

„Ich trinke ihn gerne schwarz“, sagte Wanderkorn und er schob die angebotenen Beigaben zurück.

„Das geht auf den Magen“, warnte Flessner, „so ein richtiger Ostfriesentee ist stark und kräftig.“

„Hm, vielleicht sollte ich dann nur eine Tasse trinken“, erwiderte Wanderkorn und nahm nun doch einen Kandis und etwas Sahne. Danach rührte er mit dem kleinen Löffel in der Tasse herum.

Flessner, der wusste, wie man Ostfriesentee richtig trank, nämlich, ohne den Löffel darin tanzen zu lassen, hielt sich mit einer Bemerkung zurück. Er wollte seinen Gast nicht unnötig maßregeln, wo er doch auf seine Unterstützung hoffte.

„Gibt es etwas Neues?“, fragte Wanderkorn, nachdem er an seinem Tee genippt hatte und das Gesicht verzog. Der Tee war praktisch ungenießbar. Selbst mit Kandis und Sahne.

„Ich habe einige Leute befragt“, antwortete Flessner und schlürfte dann seine Tasse leer und schenkte sich sofort nach. Mit schmalem Auge sah er Wanderkorns noch halb gefüllte Tasse. Doch das ließ er unkommentiert. „Hannes Blank, so hieß der arme Tropf, er war eher ein zurückhaltender Geselle, habe ich erfahren. Mitte vierzig, alleinstehend und nicht sehr redselig. Mit den anderen Kutschern hat er praktisch nichts unternommen und sich lieber mit den Pferden unterhalten."

Da musste Wanderkorn lächeln. Für ihn klang das irgendwie nach einem sehr sympathischen Menschen. Denn auch ihm selber waren Menschen in erster Linie suspekt, was auch mit seinem Beruf als Ermittler zusammenhängen konnte.

„Dass einer von den Gäulen zugetreten haben könnte, können wir ausschließen, hat der Gerichtsmediziner festgestellt", fuhr Flessner fort, „die Wunde am Hinterkopf stammt von einem etwas schwereren Gegenstand und hat den Blank praktisch augenblicklich die Lichter ausgeknipst."

„Dann könnte man festhalten, dass Blank im Stall bei seinen Tieren war, als er von hinten angegriffen wurde", sagte Wanderkorn.

Flessner schürzte kurz die Lippen, dann sagte er: „Ja, so war das wohl."

„Dann muss es jemanden geben, der eine sehr große Wut auf diesen stummen Kutscher gehabt hat", fuhr Wanderkorn fort, „und irgendjemand weiß etwas darüber, da bin ich mir ziemlich sicher. Und die anderen Kutscher haben dazu nichts zu sagen gewusst?"

„Nicht einen Ton", antwortete Flessner und er wiegte seinen Kopf im Zeitlupentempo hin und her, was Wanderkorn an eine Riesenschildkröte erinnerte.

„Wo hat er denn gewohnt?", fragte Wanderkorn.

„In einem Zimmer in einer kleinen Pension", antwortete Flessner und er hielt seinen Kopf nun an. „Doch oft, so habe ich von anderen gehört, hat er auch im Stall im Stroh übernachtet."

„Weil er so gerne mit Pferden sprach", sagte Wanderkorn mehr zu sich selbst.

„Ja, das war wohl der Grund", pflichtete ihm Flessner bei.

„Darüber wussten bestimmt eine Menge Leute auf der Insel Bescheid", fuhr Wanderkorn fort, „ich meine, dass er viel seiner Freizeit im Stall verbracht hat. Also kommen sicher eine Menge Menschen als Täter in Frage."

„Hm", machte Flessner, der sich ertappt fühlte. Solche Überlegungen hatte er noch nicht angestellt gehabt. Doch es stimmte schon, was dieser Großstädter da sagte. Deshalb nickte er. „Ja, das könnte man sicher annehmen."

„Wie lange arbeitete er denn schon als Kutscher auf der Insel?"

Flessner blätterte in seinem kleinen Block mit den Notizen herum. „Jetzt war er im fünften Jahr hier“, antwortete er dann.

„Eine lange Zeit, wo man sich eine Menge Feinde machen kann“, stellte Wanderkorn fest. „Die Frage ist nur, wen er so verärgert haben könnte, wo er doch so zurückhaltend war. Sie kennen doch sicher alle hier auf der Insel. Wenn Sie jemanden als Täter vermuten sollten, wer fiele Ihnen da als erstes ein?“

Flessner schlürfte wieder seinen Tee. Dabei ließ er Wanderkorn, der ihn ebenso ansah, nicht aus den Augen. Am Ende macht er noch mich zum Täter, dachte er, ohne, dass ich mich wehren kann. Dem musste er unbedingt Einhalt gebieten. Vielleicht war es doch ein Fehler gewesen, den Kriminalkommissar mit seinem versnobten Gequatsche mit ins Boot zu holen. Er würde noch die ganzen Insulaner gegen sich aufbringen, wenn das draußen die Runde machte, dass der Dorfsheriff seinen Job alleine nicht mehr erledigen konnte. So ein Mist aber auch.

„Niemand?“, fragte Wanderkorn, weil ihm die Antwort von Flessner zu lange dauerte.

„Ne, eigentlich kenne ich hier auf der Insel niemanden, der anderen den Schädel einschlägt“, sagte Flessner schmallippig.

„Das spricht für Ihren Bekanntenkreis“, sagte Wanderkorn und er lachte. Als er merkte, dass Flessner die Ironie nicht verstanden hatte und ihn weiter großmondig ansah, hörte er mit dem Lachen wieder auf. „Aber Spaß beiseite. Ich kann mir nicht denken, dass es jemand von den Urlaubern war, der Hannes Blank erschlagen hat. In der Regel nehmen Urlaub doch kaum wahr, wer da auf dem Kutschbock sitzt. Man ist viel zu sehr von der Landschaft, von der ganzen Stimmung der Insel eingenommen, als dass man sich dafür interessierte, wer einen fährt. Das ging mir und meiner Frau auch so. Ich konnte mich nur an den Mann erinnern, weil ich die Fotos vom Opfer gesehen habe. Ansonsten hätte ich auch nicht mehr sagen können, wie unser Kutscher eigentlich ausgesehen hat.“

Flessner begann damit, dass Teegeschirr abzuräumen und Wanderkorn überkam das dumpfe Gefühl, irgendetwas falsches getan oder gesagt zu haben. Vielleicht war er auch einfach nur zu weit gegangen, als er den Inselpolizisten, der Flessner nun einmal war, direkt gefragt hatte, wer es gewesen sein könnte. Nur, weil er auf einer überschaubaren Insel lebte, wurden ihm die Täter ja auch nicht im Strandkorb präsentiert. Er nahm sich vor, von nun an etwas zurückhaltender zu sein.

„Wir können ja mal zusammen zum Stall gehen“, sagte Flessner, „um uns gemeinsam den Tatort anzusehen.“ Er zog dabei an seinen Hosenträgern, bevor er sich seine blaue Dienstjacke überzog.

„Eine sehr gute Idee“, pflichtete ihm Wanderkorn bei, der gar nicht mehr mit so einer Einladung gerechnet hatte.

Schon bald trotteten die auch vom Äußeren her sehr unterschiedlichen Männer, der eine groß und klobig, der andere schmal und gut gekleidet, nebeneinander her zum Pferdehof.

Der Tatort war dann recht unspektakulär. Alle Pferde und Kutschen waren natürlich unterwegs und die Tour von Hannes Blank hatte längst jemand anderes übernommen. Die Gäste wollten weiterhin ihren Urlaub genießen, also gab es keine Zeit für große Trauer.

Die Box, in der man das Opfer erschlagen vorgefunden hatte, war mit rotweißem Absperrband gesichert. Im Stroh ließ sich noch die Lage des Toten erahnen und vereinzelt rote Verfärbungen wiesen auf den heimtückischen Mord hin, der hier geschehen war.

„Ob er hier im Stall übernachten wollte, als man ihn erschlagen hat?“, fragte Wanderkorn.

„Das könnte schon sein“, erwiderte Flessner, der sich vor Erschöpfung von den schnellen Schritten

Wanderkorns, mit denen er hatte mithalten müssen, an die Wand gegenüber gelehnt hatte.

„Wer wusste davon, dass er hier manchmal auch geschlafen hat? Doch eigentlich nur die anderen Kutscher, oder?“

„Das kann ich natürlich nicht mit Sicherheit beantworten“, sagte Flessner und er wischte sich mit flacher Hand über die Stirn. „Aber ja, das würde ich wohl auch vermuten. Sie wollen also andeuten, dass es einer seiner Kollegen gewesen sein könnte, der Hannes ermordet hat?“

„Ein erster Anhaltspunkt, mehr nicht“, erwiderte Wanderkorn. „Aber ich denke, wir sollten die Kutscher alle einzeln befragen.“

„Ich kann das veranlassen“, sagte Flessner, „ich kenne den Chef hier vom Ganzen und werde mal Kontakt aufnehmen. Soll ich die Befragung in die Abendstunden legen? Ich meine, am Tag, da müssen die Kutscher ja weiter ihren Job erledigen.“

„Ja, das stimmt“, gab Wanderkorn zu, der sich nun in der Misere sah, Nina erklären zu müssen, warum er jetzt sogar auch abends ermittelte. Und das in ihrem gemeinsamen Urlaub.

„Na gut“, sagte Flessner, „dann gehe ich mal zurück in die Dienststelle und setze die Hebel in Bewegung. Ich rufe Sie an, wenn die Termine stehen.“

„Ja, das ist gut", sagte Wanderkorn. Er blieb noch eine Weile im Stall, als Flessner bereits gegangen war. Jeder, der wollte, konnte sich hier hineinschleichen. Die Ställe wurden niemals abgeschlossen, hatte er gehört. Insofern war der Kreis der potentiellen Täter ganz und gar nicht auf die Kutscherkollegen begrenzt. Er fand es sonderbar, wie bräsig Flessner im Grunde genommen war. Wie würde er wohl vorgehen, wenn er alleine arbeitete. Ob er sich in die Sonne legte, Tee trank und den Täter herbeiträumte. Auf den Hinweis auf die anderen Kutscher war er nur zu gerne angesprungen. Oder ich schüchtere ihn ein, dachte Wanderkorn plötzlich. Vielleicht fühlt er sich durch meine Anwesenheit gehemmt. Gebe ich ihm etwa Anlass durch mein Verhalten, zu denken, dass ich ihn für einen Hinterwäldler halte. Das war bestimmt nicht seine Absicht. Er nahm sich vor, in Zukunft etwas zugänglicher zu wirken.

Er sah noch einmal in die Box, wo der Mord geschehen war. Etwas hatte seine Aufmerksamkeit erneut dorthin gelenkt. Als die Sonne durch das kleine Fenster im rechten Winkel zu Wanderkorns Standort hereingeschienen hatte, meinte er, etwas aufblitzen gesehen zu haben. Jetzt, wo er vor dem Absperrband stand, blinkte da allerdings nichts mehr. Vielleicht eine Sinnestäuschung dachte er. Oder aber auch nicht. Also hob er das Absperrband an und ging darunter hindurch. Er kniete an der Stelle, wo er meinte, eben etwas gesehen zu haben. Er schob das dort liegende Stroh ein wenig hin und her und dann sah er es. Natürlich hatte er keine kleine Plastiktüte für Beweisstücke dabei. Er war ja nicht im Dienst. Er suchte in seiner Jackentasche herum und zog dann ein Päckchen Papiertaschentücher hervor. Die Tücher nahm er heraus und steckte sie wieder in die Tasche. Eines hielt er allerdings zwischen seinem linken Daumen und Zeigefinger. Vorsichtig zog er die Anstecknadel, die er im Stroh entdeckt hatte hervor und ließ sie in den Plastikbeutel gleiten. Johnnys Imbiss, stand auf dem Anstecker. Das konnte wichtig sein oder auch nicht. Auf jeden Fall würde er den Gegenstand jetzt direkt zu Flessner in die Dienststelle bringen.

Der Inselsheriff saß vor einer Tasse Tee, als Wanderkorn ins Büro kam.

„Nanu“, sagte er und zog die Beine vom Schreibtisch, „hatten wir nicht gesagt, dass ich mich melde?“ Er rückte seinen Stuhl zurecht. Es war offensichtlich, dass er sich beim Faulenzen ertappt fühlte.

„Ja, das stimmt“, bestätigte Wanderkorn und ging schnell über die unschöne Situation hinweg. Ihm war es egal, was Flessner hier machte oder auch nicht. „Ich habe da etwas im Stroh gefunden, das wichtig sein könnte“, sagte er und stand nun vor Flessners Schreibtisch und setzte sich auf den Stuhl.

„Im Stroh“, wiederholte Flessner, „etwa in der Box, in der man Blank gefunden hat?“

„Exakt“, sagte Wanderkorn. Dann legte er das Tütchen mit der Anstecknadel auf den Tisch und schob zu Flessner rüber. „Sagt Ihnen der Name Johnnys Imbiss etwas?“

Flessner sah auf den Beutel und kniff die Augen zusammen. „Johnnys Imbiss?“, murmelte er, „kenn ich nicht. Was soll das da sein?“ Er deutete auf den Gegenstand.

„Das ist eine Anstecknadel“, erklärte Wanderkorn, der doch ein wenig enttäuscht war über Flessner Reaktion. Schließlich konnte sie so ein Beweisstück in dem Mordfall schon eine ganze Ecke weiter voranbringen. „Es ist eine Werbung für Johnnys Imbiss.“

„Hm“, machte Flessner, „aber so einen Imbiss haben wir hier nicht auf Juist. Vielleicht gehörte die Anstecknadel ja irgendjemanden, der mal in dem Stall sauber gemacht hat.“

„Oder er gehörte dem Mörder von Hannes Blank“, wollte Wanderkorn die Hoffnung noch nicht in den Wind schießen.

„Oder Blank selber“, entgegnete Flessner, „im Grunde kann sie jedem gehört haben.“

„Auch den Beamten, die die Box nach Spuren abgesucht haben?“ Wanderkorn konnte sich diese Spitze nicht verkneifen.

„Das denke ich eher nicht“, presste Flessner hervor, „denn ich war es, der den Tatort begutachtet hat. Womöglich habe ich diese Nadel da“, er deutete auf den Beutel, „wohl übersehen. Das ist nicht schön, aber wenn man alles alleine am Hals hat, dann kann das schon mal vorkommen und es ist überaus menschlich, denke ich.“

Für Insulaner bestimmt, dachte Wanderkorn grimmig. Es war also nicht einmal ein Gerichtsmediziner vor Ort gewesen, um sich den Leichnam am Tatort anzusehen. Hier arbeitete man offensichtlich noch wie im letzten Jahrtausend. Er hätte jetzt nicht übel Lust gehabt, die Sache einfach hinzuschmeißen. Einfach den Urlaub mit Nina weiter genießen. Doch dann sagte Flessner etwas, dass ihn zurückhielt.

„Es tut mir leid“, sagte Flessner und er klang sehr aufrichtig, „ich hätte sorgfältiger arbeiten müssen, das gebe ich zu. Deshalb freue ich mich ja auch so darüber, dass Sie mich unterstützen. Man wird hier vom Festland aus ziemlich im Stich gelassen.“

Heult er gleich, fragte sich Wanderkorn. Das hätte ihm gerade noch gefehlt.

„Ich helfe ja gerne mit", beeilte er sich zu sagen, „und so eine blöde Nadel, die hätte wirklich jeder übersehen können. Gerade im Stroh."

„Auch einen Tee?", fragte Flessner und er atmete hörbar erleichtert aus.

„Gerne", sagte Wanderkorn und sah verstohlen auf seine Uhr. Gleich war er mit Nina im Restaurant verabredet. Und so ein Tee auf leeren Magen war auch nicht gerade das, wovon er schon immer geträumt hatte.

Flessner stellte eine Tasse vor ihn hin und schob ihm Kandis und Sahne rüber, weil Wanderkorn mittlerweile seinen Tee genauso trank wie er.

„Danke", sagte Wanderkorn und er rührte in seiner Tasse herum.

„Hier ist es eben nicht so aufregend wie in der Großstadt", versuchte Flessner, wieder ein Gespräch in Gang zu bringen. „Bestimmt schnappen Sie da die größten Gangsterbosse der Mafia."

„Nun ja, so aufregend ist es dann auch wieder nicht", beschwichtigte Wanderkorn, „es ist auch viel Büroarbeit. Unschöne Tötungsdelikte unter Eheleuten, oft sind auch Kinder betroffen, gerade in bestimmten Vierteln. Dann gibt es auch viel Drogenkriminalität und menschliche Schicksale, wenn die armen Hunde auf der Straße landen, weil sie alles verloren haben."

Flessner runzelte die Stirn. „Das hört sich alles ganz schön traurig an", meinte er nachdenklich. „Das belastet Sie bestimmt ganz schön, oder?"

„Natürlich nimmt man vieles auch mit nach Hause", gab Wanderkorn zu, „gerade, wenn es um Kinder geht, die am wenigsten dafürkönnen, wenn ihre Eltern auf die schiefe Bahn geraten sind. Aber eigentlich möchte ich jetzt gar nicht an Zuhause denken, ich bin ja hier mit meiner Frau in Urlaub, um das alles mal vergessen zu können."

„Das kann ich sehr gut verstehen. Und der Jüngste sind Sie auch nicht gerade mehr, wenn ich das so sagen darf."

Wanderkorn musste lachen. „Zweiundfünfzig", sagte er, „aber ich weiß, dass mich viele älter einschätzen. Das muss an meinen Sorgenfalten liegen."

„Ich wollte Ihnen nicht zu nahe treten ...".

„Schon gut." Er lachte wieder.

„Ich bin achtundfünfzig", sagte Flessner, „da lässt schon einiges langsam nach. Und dann ist da noch mein Bauch." Er rieb mit der flachen Hand darüber, als streichle er einen Hund. „Aber das Essen meiner Mathilde schmeckt einfach immer zu gut."

„Man sollte das Leben genießen, so lange man kann“, sagte Wanderkorn. „Und hier auf der Insel zu arbeiten ist ja fast wie ein Geschenk, oder? Ich meine, das ist doch praktisch Dauerurlaub mit eigenem Büro.“

„Wollen Sie vielleicht meinen Job übernehmen?“, feixte Flessner, „ich könnte da bestimmt was drehen.“

„Ich und auf eine Insel?“ Wanderkorn wehrte mit den Händen ab und erhob sich vom Stuhl. Er musste nun wirklich los.

„Denken Sie darüber nach“, rief ihm Flessner nach, als Wanderkorn zur Tür ging.

Nina hatte sich im Restaurant bereits eine große Flasche Wasser und einen Martini bestellt, während sie auf ihren Mann wartete. Sie hatte einen wunderbaren ruhigen Tag im Strandkorb verbracht. Sie fühlte sich einfach gut. Sie hatte viel gelesen und hin und wieder war sie eingeschlafen. Dabei das Rauschen des Meeres und die Stimmen der anderen Gäste um sie herum, das alles hatte sie eingelullt und glücklich gemacht. Und nun war sie hungrig. Sören war bereits zwanzig Minuten zu spät. Sie hatte es oben auf dem Zimmer aber nicht mehr ausgehalten und deshalb war sie schon ins Restaurant gegangen. Sie nahm es ihm nicht übel, dass er dem Inselpolizisten half. Er war nicht der Typ, der einen ganzen Tag im Strandkorb vertrödelte. Vermutlich hätte er wieder die Insel umkreist. Sie musste schmunzeln.

„Liebling, es tut mir leid.“ Wanderkorn, der eben angekommen war, ohne, dass Nina es bemerkt hatte, drückte ihr einen Kuss auf die Stirn, „ich wurde aufgehalten.“

„Von deiner Leiche, nehme ich an“, scherzte sie. „Alles gut, ich habe mir schon etwas zu trinken bestellt.“

Es kam sofort ein Kellner an den Tisch und er erkundigte sich nach den weiteren Wünschen für den Abend. Wanderkorn nahm ebenso einen Martini und dann bestellten sie jeder ein Vier-Gänge-Menü mit begleitenden Weinen dazu.

„Wie war dein Tag?“, fragte er, als sie dann anstießen.

„Sehr bewegungsarm“, sagte Nina, „aber das kannst du dir ja denken. Ich habe mir einen Strandkorb gemietet und viel gelesen.“

„Das klingt wirklich sehr entspannt“, erwiderte er. Und er fragte sich, warum er nicht so war wie sie. Immer musste er irgendetwas machen. Irgendwo hingehen. Etwas in Ordnung bringen oder aufräumen. An Dingen herumbasteln oder eben hier auf der Insel sinnlos durch die Gegend rennen. Wieso war es ihm nicht möglich, einfach einen Tag wie sie im Strandkorb zu verbringen. Das hätte ihm auf jeden Fall die Ermittlung mit Flessner erspart.

„Oh, entspannend war es auch“, sagte sie, „es ist wirklich schön hier auf Juist. Man hat das Gefühl, man lebt in einer Wohlfühloase, als hätte einen jemand von oben hier ausgespuckt und gesagt, dass das Leben auch schön sein kann, wenn man es nur zulässt.“

„Es gefällt dir also in Ostfriesland“, stellte er fest.

Der erste Gang wurde an den Tisch gebracht und unterbrach ihr Gespräch für einen Moment. Nina war Vegetarierin und hatte eine Variation von verschiedenen Salaten mit bunten Soßen auf ihrem Teller. Wanderkorn bekam Carpaccio serviert.

„Ja, es gefällt mir hier“, nahm Nina den Faden wieder auf, „im Moment kann ich mir gar nicht vorstellen, wie es sein mag, wieder in der Wohnung in Düsseldorf zu sein. So eingesperrt.“

„Hm“, machte Wanderkorn. Er dachte an das Angebot von Flessner, seinen Job zu übernehmen. War das wirklich eine Option, fragte er sich. Es war die eine Sache, sich im Urlaub hier wohlzufühlen. Aber eine ganz andere, sein bisheriges Leben in der Großstadt gegen das kleinklein auf einem Sandhaufen zu tauschen.

„Aber bestimmt ist das nur so ein Gefühl“, setzte Nina schnell nach, die seine Nachdenklichkeit fehlinterpretierte, weil sie ja nicht wissen konnte, was ihm im Kopf herumging. „Mir gefällt unsere Wohnung in Düsseldorf. Und man ist schnell zu Fuß in der

Innenstadt und kann alle Besorgungen erledigen. Das hat ja auch etwas für sich."

„Vermutlich hast du recht", sagte er, „der Alltag in Düsseldorf wird uns schneller wieder einholen, als uns lieb ist. Aber jetzt lass uns den Abend und vor allem das Essen genießen. Ich habe mich wirklich sehr darauf gefreut."

Es kam der nächste Gang, dazu ein weiterer Wein. Die Stimmung unter den Gästen im Restaurant war harmonisch und es herrschte allgemein gute Laune. Erst nach Mitternacht gingen Nina und Sören auf ihr Appartement. Da war die Nacht noch lange nicht vorbei.

Die Verhöre

Erst am nächsten Morgen traute sich Wanderkorn dann, seiner Frau, die noch mit verschlossenen Augen in seinen Armen lag, die bittere Pille vorsichtig in den Mund zu schieben.

„Du Liebling“, begann er mit weicher Stimme, „es gibt da noch etwas, was ich dir beichten muss.“ Er streichelte ihre Schulter und sie lächelte.

„Was hast du denn jetzt schon wieder vermasselt“, fragte sie gespielt tadelnd. Dann schlug sie die Augen auf und sah ihn direkt an.

Er schluckte kurz. Dann sagte er: „Ich muss heute Abend in die Dienststelle zu unserem Inselsheriff.“ Nun war es endlich raus. Er hatte des Öfteren in der Nacht an diesen Satz gedacht, wenn er aufgewacht war.

„Heute Abend?“, wiederholte sie und stützte sich auf einen Ellenbogen auf. „Das heißt, wir essen heute nicht zusammen?“

„Doch, das können wir schon“, beschwichtigte er, „eben nur etwas früher als sonst.“

„Und was habt ihr da so spät noch vor?“ Sie schien gar nicht sonderlich enttäuscht zu sein, stellte er fest.

„Nun ja“, sagte er, „du weißt doch, dass der Kutscher ermordet worden ist. Und Flessner und ich, wir wollen seine Kollegen befragen. Und da sie den ganzen Tag die Urlaubsgäste über die Insel kutschieren, geht das eben erst später am Abend.“

Nina sah ihn offen an. Sie ahnte, welche Überwindung es ihn gekostet haben musste, ihr das zu erzählen. Fast hatte sie Mitleid mit ihm.

„Es ist doch sicher nur dieser eine Abend“, sagte sie und kuschelte sich wieder in die Bettdecke ein.

„Ja, ganz bestimmt“, sagte er schnell und kroch mit unter die Decke.

„Na dann ...“.

Sie fing an, ihn zu küssen. Und seine Reaktion blieb nicht ohne Folgen. Erst gegen elf Uhr stand er als erstes auf und ging unter die Dusche. Nina, die noch im Bett lag, sah zum Fenster. Sie hatte ein schlechtes Gewissen, weil sie eben beim Sex an den Angestellten der Buchhandlung gedacht hatte. Heute Nachmittag würde sie wieder dort vorbeigehen, um die Termine für ihre Lesungen zu konkretisieren. Sie hatte bereits Stellen aus ihren Büchern markiert und vorbereitet. Sie versuchte, das Gesicht des jungen Mannes aus ihrem Gehirn zu verbannen. Und doch wusste sie, dass sie nichts dafür konnte. Das Gehirn machte einfach, was es wollte. Und Männer dachten doch ständig an andere Frauen und sahen diesen hinterher. „Genau“, sagte sie laut zur eigenen Bestätigung.

„Was denn, Schatz?“

Wanderkorn war aus dem Bad gekommen, ohne, dass sie es bemerkt hätte.

„Ach, nichts“, antwortete sie, „ich gehe dann mal ins Bad. Ich beeile mich auch, damit wir noch etwas vom Frühstück bekommen. Ich habe einen Bärenhunger.“

Bald darauf saßen sie im Restaurant und genossen den frischen Kaffee und die Brötchen.

„Auf der Insel habe ich immer mehr Hunger als zuhause“, stellte Nina fest. „Hoffentlich werde ich nicht fett.“

Wanderkorn wusste, welch schmaler Grat es war, mit Frauen über ihr Gewicht zu sprechen. Deshalb schwieg er lieber und lächelte nur.

„Was hast du denn gleich vor?“, fragte sie, weil sie wie sonst auch davon ausging, dass es sich nicht um gemeinsame Aktivitäten handeln würde.

„Hm“, machte er, „also, bis zum Abend bin ich noch frei. Wir könnten doch auch mal etwas gemeinsam unternehmen. Was denkst du?“

„Aber ich werde nicht um die Insel rennen“, erwiderte Nina lachend.

„Das weiß ich doch. Aber wir könnten zum Beispiel eine Nachbarinsel besuchen. Oder auch zum Festland fahren."

„Dann lieber das Festland", erwiderte sie, „Insel haben wir hier ja schon den ganzen Tag."

Und so einigten Sie sich darauf, mit dem Flugzeug rüber nach Norddeich zu fliegen und dort die Gegend bis zum späten Nachmittag zu erkunden. Nina dachte wieder an den Buchhändler. Eigentlich hätte sie dort hingemusst. Doch sie mochte ihren Mann nicht enttäuschen, wenn er schon mal etwas mit ihr unternehmen wollte. Also rief sie in der Buchhandlung an und verschob den Termin auf den nächsten Tag.

In Norddeich herrschte Hochbetrieb, weil das jährliche Drachenfest an diesem Wochenende stattfand. Viele bunte Gesichter tanzten am Himmel und boten ein ganz besonderes Erlebnis für die Besucher. Zahlreiche Verzehrstände luden zum Verweilen ein und der Blick aufs Meer bei Wind, dicken Wolken und vereinzeltem Sonnenschein machte diesen Tag einfach perfekt.

„Das gibt es doch nicht", sagte Nina plötzlich und sie blieb stehen.

„Was ist denn?", fragte Wanderkorn, der gerade einem besonders großen Drachen am Himmel nachgesehen hatte.

„Na, dieser Imbiss, Johnnys Imbiss. Der kommt auch in dem Krimi vor, den ich gerade lese.“

Wanderkorn stockte für einen Moment der Atem.

„Was sagst du da?“ Sein Blick wanderte suchend durch die Menschenmenge.

„Dort drüben“, sagte sie und wies in die Richtung, wo sie den Imbiss entdeckt hatte.

Nun sah er ihn auch. Wie in Trance bewegte er sich langsam darauf zu. Nina, die nicht verstand, was mit ihm los war, folgte ihm irritiert dreinblickend.

„Johnnys Imbiss“, las Wanderkorn, während er auf die Werbetafel am Gebäude sah.

„Liebling, du machst mir allmählich Angst“, sagte sie, „was ist denn eigentlich los.“

Ich muss sofort wieder zurück auf die Insel, dachte er. Doch er wusste auch, dass er seiner Frau das kaum antun konnte, nachdem er sie schon am Abend versetzte. Also riss er sich zusammen und erklärte ihr, warum dieser Imbiss von so immenser Bedeutung für ihn war.

„Du denkst, der Besitzer ist der Mörder von dem Kutscher?“, schlussfolgerte Nina, die ihm aufmerksam zugehört hatte.

„Ich weiß es nicht“, sagte er und klang leicht überfordert. Eigentlich hätte er jetzt Flessner mit ins Boot holen müssen. Doch was machte er dann mit Nina.

„Ruf ihn ruhig an“, sagte sie ahnend, womit er sich herumschlug. „Es ist doch klar, dass der Inselsheriff von deiner Entdeckung erfahren muss.“

„Nina, habe ich dir heute schon gesagt, dass ich dich liebe“, sagte er und nahm sie spontan in den Arm.

„Mehrmals“, erwiderte sie, als er sie wieder losließ, „in den verschiedensten Situationen.“ Sie schmunzelte in sich hinein. „Da drüben ist eine freie Bank, ich gehe da mal rüber und warte auf dich.“ Und schon ging sie los.

Sofort zog Wanderkorn sein Handy aus der Hosentasche und er stellte sich etwas abseits hin, um ungestört telefonieren zu können. Schon nach dem zweiten Klingeln nahm Flessner ab. Er klang ein wenig verschlafen, als er sich mit „Joa“, meldete.

„Wanderkorn hier“, sagte Wanderkorn, „ich bin gerade in Norddeich unterwegs und ...“.

„Da ist doch Drachenfest“, stellte Flessner fest, „eine gute Idee, sich das anzugucken.“

„Ja, das auch“, erwiderte Wanderkorn ungeduldig, „aber da ist noch etwas anderes, weshalb ich anrufe.“

„Ach ja?“

Wanderkorn hörte förmlich, wie sich Flessner über die Stirn rieb.

„Ich bin hier am Deich auf einen Imbiss gestoßen. Oder besser gesagt, Johnnys Imbiss.“

Keine Reaktion von der anderen Seite. Das gibt es doch nicht, dachte Wanderkorn. Konnte ein Mensch derart schwer von Begriff sein.

„Oh“, kam es dann plötzlich von Flessner, „jetzt verstehe ich. Der Anstecker. Johnnys Imbiss. Ich wusste gar nicht, dass es den in Norddeich wirklich gibt.“

„Es kann ja sein, dass er nur zum Drachenfest hier ist“, schlug Wanderkorn vor.

„Ja, das ist durchaus möglich. Es versuchen ja viele, den Urlaubern das Geld aus der Tasche zu ziehen.“

„Was soll ich denn jetzt machen?“, fragte Wanderkorn. „Wollen Sie rüberkommen?“

„Ich? Nein, eigentlich nicht. Ich bereite ja gerade die Verhöre für heute Abend vor“, lehnte Flessner ab.

Das kann ich mir lebhaft vorstellen, dachte Wanderkorn.

„Dann sehe ich mich hier mal ein bisschen um“, schlug er vor, „das Drachenfest geht ja noch das ganze Wochenende. Also wird auch Johnnys Imbiss die ganze Zeit über hier sein, um Geld zu scheffeln.“

„Ja.“

Ja? Waren Ostfriesen wirklich so, dass sie nicht imstande waren, ganze Sätze zu sprechen. Am liebsten hätte Wanderkorn einfach aufgelegt. Es war ein Fehler gewesen, Flessner überhaupt anzurufen. Da war ja Nina ein interessanterer und vor allem intelligenterer Gesprächspartner.

„Heute Abend weiß ich mehr und werde berichten“, sagte er, „bis später.“

Dann legte er auf und sah zu Nina. Sie schien sich in keiner Weise zu langweilen ohne ihn. Es hatten sich zwei kleinere Mädchen zu ihr auf die Bank gesetzt, denen sie nun offenbar ihr Buch vom Jungen, der auf den Mond fliegen wollte, präsentierte. Hin und wieder las sie etwas vor, während die Mädchen sie mit großen Augen ansahen. Wir hätten Kinder bekommen sollen, dachte er bekümmert. Nina wäre eine wunderbare Mutter gewesen. Er ahnte, dass es an ihm lag, dass es nicht geklappt hatte. Er war schon immer ein Spätzünder gewesen. Eine Ärztin, die sein Sperma vor Jahren einmal untersucht hatte, hatte mit einem Lächeln festgestellt, dass die armen Dinger auf dem Weg zum Ziel wohl verhungerten bei dem Tempo, dass sie an den Tag legten. Da hatte er auch noch gelacht, weil er gedacht hatte, dass das ein vorübergehender oder zumindest künstlich zu behebender Fehler bei ihm sein könnte.

Nun sah Nina zu ihm herüber, weil die Mädchen wieder davongelaufen waren. Er winkte ihr zu und setzte sich in Bewegung. Dann nahm er neben ihr auf der Bank Platz.

„Na“, sagte sie, „müssen wir sofort wieder rüber auf die Insel?“

„Nein, gar nicht“, erwiderte er. Er ersparte ihr die Erzählung von Flessners phlegmatischem Charakter während des Telefonats. „Was denkst du, wollen wir ein paar Pommes essen?“, fragte er mit einem Augenzwinkern.

„Ich dachte schon, du fragst nie“, sagte Nina. Auch sie war neugierig auf den Imbiss, den sie bereits aus ihrem Krimi kannte.

In dem schon leicht in die Jahre gekommenen Verkaufswagen drängelten sich drei Mitarbeiter hinter dem Tresen, um die vielen hungrigen Mäuler zu stopfen. Wanderkorn hatte es nicht eilig mit der Bestellung und ließ einige Gäste vor. Nina, die keine Lust hatte, so lange zu warten, ging wieder zu ihrer Bank zurück, nachdem sie erkannt hatte, dass es manchmal besser ist, sich das Bild zu bewahren, das man beim Lesen eines Buches entwickelt hatte. Sie fand den Imbiss ein wenig schmuddelig und war nicht unbedingt scharf auf das Essen von dort. Doch das sagte sie ihrem Mann nicht, als sie ging.

Alle tragen so einen Anstecker, dachte Wanderkorn, als er sich besonders mit dem männlichen Mitarbeiter im Imbiss auseinandersetzte. Er war um die vierzig und wirkte hektisch. Dass er nun wieder eine Anstecknadel trug, obwohl er ein möglicher Mörder war, musste nichts bedeuten. Von den Dingern gab es sicher jede Menge für die Angestellten. Dann war er an der Reihe, weil sich die Menschenmenge langsam vor dem Imbiss auflöste.

„Ähm ... zwei Pommes weiß und eine Currywurst", bestellte er bei einer jungen Frau, die mit hochrotem Kopf arbeitete. Sie nickte und begann sofort damit, die Fritten in das Fett zu geben.

Der männliche Mitarbeiter in Johnnys Imbiss hatte gerade Leerlauf und wischte den Tresen ab. Diese Gelegenheit nutzte Wanderkorn, um Interesse zu heucheln und etwas mehr zu erfahren.

„Ganz schön zu tun", sagte er, „bestimmt schmecken die Pommes sehr gut."

Der Mitarbeiter hatte zunächst gar nicht bemerkt, dass er angesprochen worden war. Dann, als es ihm klar wurde, als er direkt vor Wanderkorn herumwischte, nickte er kurz und murmelte etwas Unverständliches.

„Sind Sie hier der Chef?", bohrte Wanderkorn weiter nach.

„Wer will das wissen?", kam es unwirsch zurück. Doch im nächsten Moment wurde dem Mann wohl klar, dass man so nicht mit zahlenden Kunden umging, und er ruderte zurück. „Sorry", entschuldigte er sich für seine harten Worte. „Es ist einfach schweineheiß hier drinnen.“

„Schon gut“, sagte Wanderkorn mit Milde in der Stimme, „ich möchte auch wirklich nicht mit Ihnen tauschen, wenn ich ehrlich bin. Stehen Sie immer hier oder nur während des Drachenfestes?“

„Immer an den Wochenenden“, antwortete der Mann, „und nein, ich bin nicht der Chef. Der steht heute in Esens in einem weiteren Wagen.“

„Oh“, machte Wanderkorn, „und in der Woche haben Sie dann wohl frei.“ Er lachte.

„Tja, das wäre schön“, stöhnte der Mann, „nein, dies ist mein Zweitjob, in der Woche arbeite ich in einer Tankstelle. Sonst kommt man doch heutzutage gar nicht mehr über die Runden bei den Energiekosten.“

Wanderkorn fühlte sich ertappt. Energiekosten kümmerten ihn und Nina nicht sonderlich. Doch wie war es wohl, wenn man nur zweitausend Euro im Monat zur Verfügung hatte. Kein leichtes Brot.

„Ja, es ist alles nicht so leicht“, sagte er, um das Gespräch nicht verebben zu lassen. Dann reichte ihm die Mitarbeiterin seine Bestellung über den Tresen und er bezahlte und ging. Es wäre zu auffällig gewesen, wenn er immer noch am Wagen geblieben wäre, obwohl seine Bestellung fertig war.

„Na, was rausgekriegt?“, fragte Nina, als er ihr eine Schale mit ihren Pommes reichte, nachdem er sich zu ihr gesetzt hatte.

„Nichts Wesentliches“, gab Wanderkorn zurück.

Dann aßen sie schweigend und sahen dabei in die Menge. Anschließend entsorgte Wanderkorn den Müll und sie machten noch einen Rundgang hin zum Meer und bewunderten noch einmal die schönen bunten Drachen. Es war dann Nina, die meinte, dass sie nun ruhig wieder auf die Insel zurückkehren sollten.

Flessner saß bereits mit acht Kutschern dicht gedrängt im Büro, als Wanderkorn gegen zwanzig Uhr dreißig dort eintraf. Sie unterhielten sich prächtig und lachten. Erst, als ein ihnen fremdes Gesicht ins Büro kam, verstummten sie allesamt. Flessner erklärte, dass Wanderkorn, ein hochrangiger Ermittler aus Düsseldorf, ihn bei dem Mordfall unterstützte. Das war Wanderkorn ein wenig peinlich und er nickte nur kurz, bevor er sich auf einen freien Stuhl setzte.

„Es ist so, wie ich es mir schon gedacht habe“, sagte Flessner dann, „niemand hat an dem Abend gesehen, wann Hannes in den Stall gegangen ist. Auch waren sie allesamt nicht sonderlich mit ihm befreundet, da er eher ein Einzelgänger gewesen ist.“

Wanderkorn fand die Art der Befragung im Pulk recht fragwürdig. Man hätte doch jedem einzelnen auf den Zahn fühlen müssen. Eigentlich hatten sie es auch so besprochen gehabt, wenn er sich recht erinnerte. So hätte sich der eine oder andere vielleicht in Widersprüche verstrickt. Doch jetzt, da das Kind schon mal in den Brunnen gefallen war, spielte er mit und fragte:

„Sie lösen sich doch auch bestimmt mal gegenseitig ab, wenn einer Pause macht, oder?“ Er sah in die Runde.

„Sicher“, sagte einer dann.

„Also muss es einen unter Ihnen geben, der ihn bei so einer Ablösung als Letzter gesehen hat an dem Tag, an dem er ermordet wurde.“

Die Kutscher tauschten Blicke, einige tuschelten miteinander. Flessner zog die Brauen hoch.

„Übrigens“, fuhr Wanderkorn dann fort, „ich selber habe Hannes Blank in den frühen Mittagsstunden gesehen, als meine Frau und ich auf die Insel kamen. Er hat uns zum Hotel gefahren mit seiner Kutsche. Und ich gehe davon aus, dass er dann, etwas später, seine Mittagspause gemacht hat. Und irgendjemand von Ihnen wird ihn dann doch sicher gesehen haben.“

„Also, ich war das nicht“, sagte der Mann, der sich auch eben bereits zu Wort gemeldet hatte.

Danach zogen nacheinander die Kutscher die Schultern hoch. Angeblich konnte sich niemand daran erinnern, Hannes Blank am Tag seiner Ermordung noch lebend gesehen zu haben. Manchmal, so meinte dann ein anderer, fahre ein Kutscher auch einfach etwas weiter abseits auf die Insel, um kurz eine Pause zu machen. Da werde nicht immer so ein Brimborium drum gemacht. In welchem Job, wo man den ganzen Tag in der Sonne sei, brauche man schon große Pausen, um sich zu erholen. Alleine die Fahrten mit der Kutsche seien doch schon Wellness pur.

Das quittierte Flessner mit einem süffisanten Grinsen, denn auch sein Arbeitsalltag war von vielen schönen Dingen wie dem Tee trinken, in der Sonne spazieren gehen und sich ans Meer setzen erfüllt. Es lebte sich eben einfach besser in Ostfriesland als in der kalten Großstadt, schien sein Blick zu sagen, als dieser den von Wanderkorn traf.

Wanderkorn kapitulierte in dem Moment. Und vielleicht, so dachte er dann, haben diese Männer ja sogar recht. Wie oft schimpfte er zuhause, wenn er im starken Regen durch die dunklen Gassen stapfte, um sich einen Junkie anzusehen, der sich den letzten Schuss gesetzt hatte. Verlockend klang das jedenfalls nicht.

„Tja, meine Herren“, sagte Flessner dann, „ich denke, wir sind hier wohl fertig. Ich danke euch, dass ihr alle gekommen seid.“

Das musste der Inselsheriff nicht zweimal sagen. So schnell konnte Wanderkorn gar nicht zählen, wie die Männer zur Tür sprinteten und verschwanden.

„Sie sehen nicht sehr zufrieden aus“, sagte Flessner, als er wieder mit Wanderkorn alleine im Büro war. Die Sonne stand tief am Himmel und leuchtete durch das Fenster herein und ließ Flessner für einen Moment wie einen Engel erscheinen.

„Wenn man ehrlich ist, ist es wohl auch sehr unwahrscheinlich, dass einer seiner Kollegen der Mörder sein soll“, stellte Wanderkorn trocken fest. „Viel interessanter erscheint mir da im Moment die Anstecknadel zu Johnnys Imbiss.“

„Ach ja“, erinnerte sich Flessner, „wie ist es denn in Norddeich gelaufen?“

„Es gab nur einen kurzen Moment, wo ich mit einem Mitarbeiter sprechen konnte, es war einfach zu viel los. Aber ich habe in Erfahrung gebracht, dass es einen weiteren Imbisswagen gibt, der an diesem Wochenende in Esens steht. Und dort finden wir auch den Chef.“

„Hm“, machte Flessner, „das klingt doch gar nicht so schlecht. Aber wie gehen wir jetzt vor?“

„Darüber habe ich mir bereits Gedanken gemacht“, erwiderte Wanderkorn, „wir könnten morgen Vormittag aufs Festland rüber fliegen und mal einen Abstecher nach Esens machen. Da gucken wir uns den Chef von Johnnys Imbiss einfach mal unverbindlich an.“

„Unverbindlich?“, wiederholte Flessner. „Ähm, wollen Sie auch ein Bier.“ Er wandte sich sehnsüchtig zum Kühlschrank um. Das war wohl die Zeit, wo er langsam den wohlverdienten Feierabend mit einem kühlen Jever einläutete.

„Sicher, warum nicht“, erwiderte Wanderkorn, der Abend war ja sowieso schon versaut.

Aus dem einen Bier wurden dann drei und Wanderkorn und Flessner duzten sich, wobei sie beide Wert darauflegten, weiterhin mit dem Nachnamen angeredet zu werden. Gut gelaunt machte sich Wanderkorn gegen elf Uhr auf den Heimweg zum Hotel. Er schlich auf leisen Sohlen in das Appartement, um Nina, falls sie sich schon hingelegt haben sollte, nicht zu wecken. Doch die Mühe hätte er sich sparen können, denn sie war gar nicht auf dem Zimmer. Bestimmt ist sie unten in der Hotelbar, dachte er und kratzte sich am Kopf. Sie war ein sehr geselliger Typ und fand schnell Anschluss zu anderen Menschen. Doch um ihr dorthin zu folgen, war er einfach schon zu müde von dem vielen

Bier. Er ging noch kurz ins Bad und legte sich dann schlafen.

„Es freut mich", sagte Nina, „dass es doch noch mit einem Treffen für heute geklappt hat."

Sie saß mit dem jungen Mann aus der Buchhandlung im Außenbereich der Bar und sah zum Meer. Es geht ja nur um die Besprechung der Lesungen, hielt sie sich immer wieder als Entschuldigung vor Augen, dass sie sich hier auf sehr dünnem Eis bewegte.

Gegen ein Uhr dreißig wachte Wanderkorn auf, weil das Bier trieb und er auf die Toilette musste. Er griff automatisch neben sich in Ninas Bett. Es wäre kein Wunder, dass er nicht mitbekommen hatte, als sie ins Bett gekommen war. Bis hierhin hatte er geschlafen wie ein Stein. Doch seine Hand griff ins Leere. Ninas Bettseite war leer und unberührt.

Erst jetzt sah Wanderkorn auf sein Handy, um die Zeit zu checken. Halb zwei, dachte er. Das ist ja wirklich sonderbar. Ob sie ins Zimmer gekommen war und ihn schlafend vorgefunden hatte. Und weil sie noch in Stimmung gewesen war, war sie dann zurück in die Bar gegangen. So könnte es gewesen sein. Sie jedenfalls genoss ihren Urlaub, während er nur arbeitete. War sie vielleicht sauer auf ihn und betrank sich extra, damit er sich Sorgen um sie machte. Im Moment schien ihm alles möglich. Schnell rannte er jetzt ins Bad, weil der Gang zur Toilette wirklich drängte.

Danach lag er noch lange wach und sah aus dem Fenster. Der dunkle Himmel war voller glitzernder Sterne. Es war noch warm, es war ja Sommer. Wir könnten jetzt draußen sein am Strand und uns lieben, dachte er. Es war nicht gut, dass er seine Frau so vernachlässigte. Das bereute er jetzt zutiefst. Und morgen früh wollte er schon wieder mit Flessner losziehen. Am Ende reiste Nina einfach ab, weil ihr alles zu viel wurde. Das durfte auf keinen Fall geschehen.

Als er Nina schließlich ins Bad schleichen hörte, da war es schon nach drei, als er auf sein Handy sah. Als sie ins Bett kroch, stellte er sich schlafend. Doch wirklich schlafen konnte er erst viel später, als er ihre ruhigen zufriedenen Atemzüge neben sich hörte.

Schmallippig

„Reichst du mir bitte mal die Butter“, bat Nina, als sie und Wanderkorn am nächsten Morgen im Restaurant frühstückten.

„Gerne“, sagte er und schob das silberne Schälchen über den Tisch.

„Danke.“

Sie hatten bisher nicht viel miteinander gesprochen. Er war als Erster aufgestanden und hatte lange geduscht. Es plagte ihn ein wenig Kopfweh vom Bier, weil er sonst zuhause gar kein Bier trank. Als auch Nina fertig angezogen war, waren sie schweigend zum Aufzug gegangen und nach unten gefahren.

„Ich weiß, dass das nicht in Ordnung ist“, sagte Wanderkorn, „aber ich muss gleich nach dem Frühstück noch einmal mit dem Inselsheriff rüber aufs Festland. Wir wollen uns um Johnnys Imbiss kümmern und auch den Chef befragen.“

„Natürlich“, sagte Nina und sie schenkte ihm sogar ein Lächeln. „Ich werde heute meinen Krimi zu Ende lesen. Und wenn du zurückkommst, dann unternehmen wir etwas zusammen.“

Da hatte er dann aber doch mit etwas mehr Gegenwehr gerechnet gehabt.

„Aber sicher", antwortete er eifrig, „es gibt da dieses historische Gebäude, habe ich gelesen."

„Du meinst sicher das Haus Siebje. Ja, das können wir uns ansehen. Und dann das Museum und das alte Warmbad."

„Wow, das wird ja richtig anstrengend", lachte er.

Nicht anstrengender als deine ständigen Ermittlungen, dachte sie und sie lächelte auch dabei. Denn sie dachte an die gestrige Nacht. Nein, es war nicht so, dass sie mit dem jungen Mann zu weit gegangen wäre. Aber er hatte schon heftig mit ihr geflirtet. Sie fand, es stand ihr zu, sich irgendwie die Zeit zu vertreiben, wenn Sören ständig unterwegs war in polizeilicher Mission. Und es tat ihr gut, dass ein Mann, mindestens zehn Jahre jünger als sie, überhaupt Interesse an ihr zeigte. Mit ihm hatte sie das Gefühl, verstanden zu werden, wenn sie übers Schreiben sprach. Natürlich, er war Buchhändler und interessierte sich selbstredend für Literatur und die Autoren. Aber da war noch mehr, was sie in seinen Augen las. Er bewunderte Menschen, die schreiben konnten. Die eine Szene so in Worte zu kleiden verstanden, dass der spätere Leser davon ganz weit weg getragen werden konnte. Sicher, Sören bewunderte sie auch für jedes neue Buch, das erschien. Doch das war eine andere Art der Bewunderung. Er war stolz, aber er verstand nicht, was ein kreativer Prozess war. Welche Glücksgefühle beim Schreiben ausgestoßen wurden, wie man die ganze Welt um sich vergaß, wenn man schrieb. Wenn man eintauchte in einen ganz anderen Kosmos.

Wanderkorn sah auf seine Armbanduhr.

„Ich denke, ich gehe dann mal los“, sagte er, „umso eher bin ich zurück.“

„Ich wünsche euch viel Erfolg“, rief sie ihm nach.

Flessner hatte Angst vorm Fliegen und so saßen er und Wanderkorn nun auf der Fähre und sahen den Wellen beim Tanzen zu.

„Sehr gesprächig bis du heute aber nicht“, stellte Flessner fest.

„Oh, das liegt am Bier“, entschuldigte sich Wanderkorn, „das Letzte hätte ich vielleicht weglassen sollen. Ich hab ein wenig Kopfweh.“

„Und das bei der Sonne“, seufzte Flessner. Sein Gesicht war dunkelrot angelaufen, weil sie an Deck saßen. Aufgrund seiner hellen Haare und dem fast weißen Hautbild standen für ihn die Chancen schlecht, von der Sonne zu profitieren und eine schöne braune Hautfarbe zu bekommen. Eher glich er nun einem Krebs, den man ins kochende Wasser geworfen hatte.

„Wir können auch nach unten gehen“, schlug Wanderkorn vor, bevor Flessners Schädel neben ihm noch explodierte.

„Ne, lass man. Ich mag die Sonne“, hielt Flessner dagegen und machte die Augen wieder zu.

Nach einer für Wanderkorn gefühlten Ewigkeit kamen sie schließlich mit einem Polizeiwagen, den Flessner geordert hatte, in Esens an. Es war ein Witz, wie die Polizei hier fuhr, dachte er. In Düsseldorf pfiff man auf Geschwindigkeitsbegrenzungen und Vorschriften, wenn man im Einsatz war. Und dies hier war doch ein Einsatz. Wieso trat der Mann am Steuer nicht endlich das Pedal durch. Aber vermutlich tat er das ja, dachte Wanderkorn höhnisch, indem er seinen Fuß auf die Bremse presste. Und dann redete Flessner, der vorne neben ihm saß, auch noch pausenlos auf ihn ein und berichtete haarklein, was er da wieder für einen Mordfall auf seiner kleinen Insel hätte. Und das mitten im Sommer. Das könne man sich ja für einen Roman gar nicht besser ausdenken. Und so weiter und so fort. Wanderkorn hielt sich zwischendurch die Ohren zu, um nicht loszubrüllen. Diese ostfriesische Gelassenheit trieb ihn so langsam in den Wahnsinn.

Dann endlich war es soweit. All die Qualen zahlten sich für Wanderkorn aus, als sie endlich in Esens vor Johnnys Imbiss standen. Da es um die Mittagszeit war, herrschte natürlich entsprechend reger Betrieb. Das gab den beiden Ermittlern zunächst die Möglichkeit, sich alles aus der Nähe anzusehen.

„Das scheint wohl der Chef zu sein“, stellte Wanderkorn mit Blick auf den ältesten Mann hinter dem Tresen fest. Neben ihm bedienten noch ein junger Mann und eine Frau um die Vierzig.

„Wir können hier aber nicht ewig warten“, murmelte Flessner, „schließlich müssen wir die einzige Fähre, die heute noch rübergeht, erreichen.“ Entschlossen stapfte er auf den Imbisswagen zu und bahnte sich mit seinem wuchtigen Körper und seiner Kleidung, die ihn als Polizisten enttarnte, einen Weg durch die anstehende Menschenmenge. „Hallo“, sagte er, als er vor dem Tresen stand, „sind Sie der Chef hier von Johnnys Imbiss?“

Der Mann, der eben noch damit beschäftigt gewesen war, eine Kundin abzukassieren, sah ihn teilnahmslos an. „Und wenn das so ist“, gab er stoisch zurück.

„Dann müsste ich Sie für einen Moment sprechen“, sagte Flessner in einem Tonfall, der keinen Widerspruch duldete.

„Worum geht es denn? Sie sind von der Polizei, also müssen Sie mir schon sagen, weshalb Sie mich hier mitten aus dem Betrieb rausreißen wollen.“

„Um Mord.“

Bei dem letzten Wort zuckte es um die Mundwinkel des Mannes. Er tauschte ein paar Worte mit seiner Mitarbeiterin und ging dann zu der Tür, die ihn nach draußen entließ.

Flessner und Wanderkorn waren an die Seite des Imbisswagens getreten und nun standen Sie dem Chef direkt gegenüber.

„Ihr Name?“, fragte Flessner, nachdem er sich und Wanderkorn vorgestellt hatte.

„Johann Meyer“, erwiderte der Imbissbesitzer.

„Aha, deshalb also Johnnys Imbiss“, stellte Flessner fest.

„Johanns Imbiss hätte etwas unspektakulär geklungen, denke ich“, erwiderte Meyer.

„Da haben Sie wohl recht“, mischte sich Wanderkorn ein. „Kennen Sie einen gewissen Hannes Blank?“

Flessner wischte sich mit einem weißen Taschentuch übers Gesicht. Er war froh, für einen Moment im Stillen danebenzustehen. Vielleicht hätte er sich auf der Fähre doch lieber in den Schatten setzen sollen.

„Hannes Blank ...“. Meyer überlegte einen Moment. „Doch“, sagte er dann, „der Name sagt mir was. Er hat vor ein paar Jahren bei mir im Imbiss gearbeitet, wenn wir denn vom selben Mann sprechen sollten.“

„Er war bei Ihnen angestellt?“ In Wanderkorn taten sich neue Wege hin zu einem abschließenden

Ermittlungserfolg auf. Damit war der Zusammenhang mit Blank und Johnnys Imbiss hergestellt. Das Motiv und vielleicht sogar der Mörder mussten also im Imbissbetrieb zu finden sein.

„Ja, war er“, bestätigte Meyer, „ich denke, so vor vier oder fünf Jahren muss das gewesen sein. Mein Personal wechselt ständig, müssen Sie wissen. Ist nicht jedermanns Sache, den ganzen Tag in der prallen Sonne in einem Imbisswagen zu stehen.“

„Weshalb hat Blank gekündigt? Oder haben Sie ihm gekündigt?“

„Er hat aufgehört“, gab Meyer an.

„Und weshalb?“

„Für einen besser bezahlten Job auf einer Insel, hat er damals gesagt. Aber fragen Sie mich jetzt nicht, auf welche Insel er gegangen ist. Das weiß ich nicht mehr.“

„Es war Juist“, meldete sich Flessner wieder zu Wort.

„Ja, jetzt, wo Sie es sagen, da erinnere ich mich. Ich glaube, er wollte Kutscher werden. Er mochte Tiere. Die Menschen allerdings weniger.“

„Wie meinen Sie das?“, fragte Wanderkorn mit gespitzten Ohren, „gab es Schwierigkeiten mit den Kollegen hier im Imbiss?“

„Schwierigkeiten würde ich das nicht nennen“, antwortete Meyer, „Hannes war eben eher ein Eigenbrötler. Das bedeutet nicht, dass er seine Arbeit schlecht gemacht hat. Aber wieso fragen Sie nach ihm? Ist ihm etwas zugestoßen? Sie sprachen ja eben von Mord.“

„So ist es“, antwortete Flessner, „man hat Hannes Blank auf Juist im Pferdestall den Schädel eingeschlagen.“

„Oh mein Gott“, entfuhr es Meyer, „also, das hat der Junge nun wirklich nicht verdient gehabt.“

Interessante Wortwahl, dachte Wanderkorn. Wer hatte ein Loch im Kopf schon wirklich verdient. Wie erarbeitete man sich so etwas überhaupt.

„Mit wem hat Blank hier seinerzeit bei Ihnen im Imbiss zusammengearbeitet?“, fragte Flessner.

„Da muss ich nachdenken“, antwortete Meyer. Er kratzte sich am Kopf und sah auf seine Uhr. Der Zustrom an Kunden bei seinem Imbiss stieg wieder an. Es war klar, dass er jetzt zurück in den Wagen wollte.

„Wissen Sie was“, sagte Flessner, dem ebenfalls die Zeit wegen der Fähre im Nacken hing, „wir machen das einfach so, Sie kommen mit den Kollegen, die damals mit Hannes Blank zusammengearbeitet haben am Montag in meine Dienststelle auf Juist zur Befragung.“

„Na gut“, sagte Meyer erleichtert, „das kriegen wir hin, am Montag stehen unsere Wagen still.“

„Also dann gegen zehn Uhr, wenn es recht ist“, sagte Flessner.

Meyer nickte und ging wieder durch die Tür in den Imbisswagen.

Flessner und Wanderkorn gingen zurück zum Dienstwagen, um sich zum Fähranleger bringen zu lassen.

Wanderkorn war zufrieden mit dem Vormittag und so schlenderte er nun ganz entspannt mit Nina über die Insel. Sie hatten sich das Haus Siebje angesehen, waren noch im Warmbad gewesen und nun stand ein etwas längerer Spaziergang am Strand an, weil die Sonne hoch am Himmel stand.

„Du hast noch gar nichts von euren heutigen Ermittlungen erzählt", sagte Nina, während sie mit nackten Füßen ein Herz in den hellen Sand malte.

Wanderkorn sah aufs Wasser. Es entspannte ihn immer mehr, wenn er seinen Blick in weite Ferne schweifen ließ. Das war wie Kopf Yoga, dachte er. Irgendwann fühlte man sich verbunden mit dem Meer und hatte das Gefühl, dass egal, was auch kam, ihm nichts mehr etwas anhaben konnte.

„Wie?", fragte er, weil er wegen seiner Geistesabwesenheit nicht verstanden hatte, was sie gesagt hatte.

„Ach, schon gut", meinte Nina. Sie fand es ja auch ganz schön, wenn er mal einen Tag nicht über seine

Toten und brutale Mörder sprach. Es tat ihr gut, mal weg vom Großstadtlärm zu sein. Sie hatte sogar angefangen, an einem neuen Buch zu schreiben. Und dieses Mal war es nicht für Kinder gedacht. Vielmehr hatte sie eine Idee für einen Liebesroman entwickelt, der auf einer Insel spielte.

„Komm“, sagte er, „wir gehen zurück ins Dorf und trinken was Schönes.“

Sie nahmen sich bei der Hand und schlenderten zurück. Bevor sie in ein Café einkehrten, kamen sie auch bei der Buchhandlung vorbei.

„Oh“, sagte Wanderkorn, der sich im Grunde nicht für Bücher interessierte, „das ist ja ein Foto von dir.“

Auch Nina blieb nun stehen und sah zum Schaufenster. Es war ihr ein wenig peinlich in dem Moment.

„Ja“, sagte sie zögerlich, „ich habe jeweils am Mittwoch der nächsten vierzehn Tage in den Nachmittagsstunden eine Lesung mit meinen Kinderbüchern in dieser Buchhandlung.“

Wanderkorn erinnerte sich daran, dass sie schon etwas in der Richtung erwähnt hatte, kurz, nachdem sie hier auf der Insel angekommen waren.

„Das Bild von dir kenne ich noch gar nicht“, stellte er fest und er ging näher an das Fenster heran. Es zeigte Nina in einem Restaurant. Die Sonne war noch nicht ganz untergegangen und ließ sie in einem zauberhaften Licht wie eine Art Fee erscheinen. Ihr Blick war nicht auf die Kamera gerichtet, sondern sie sah zum Meer. „Ist das hier auf Juist aufgenommen worden?“ Es war klar, dass es sich um das Restaurant ihres Hotels handelte, war ihm deutlich geworden.

„Das stimmt“, gab sie zu.

Wieso sagt sie nicht, wer es aufgenommen hat, dachte er und in dem Moment stieg ein Funken von Eifersucht in ihm hoch. Sonst war sie auch sehr viel gesprächiger, wenn es um ihre Schreiberei ging. Er hätte jetzt fragen können, wer die Aufnahme gemacht hatte. Doch etwas in ihm sträubte sich davor, die Antwort zu hören.

Hoffentlich fragte er nicht, wer das Bild gemacht hatte, dachte Nina und sie suchte nach einem Ausweg aus dieser für sie sehr gefährlichen Situation. Wie sollte sie ihm erklären, dass ein junger Buchhändler sie heimlich fotografiert hatte, als sie zusammen im Restaurant gegessen hatten. Nur gut, dass er kein Bild für die Ankündigung der Lesung genommen hatte, als sie später zusammen am Strand gewesen waren. Das hätte sie wahrlich nicht mehr erklären können, ohne sich zu verraten. Keine Frau, die nicht auch ein wenig verliebt in jemanden war, ging am späten Abend mit ihm gemeinsam an den Strand. Das hätte auch Sören erkannt.

Und so standen sie beide vor dem Schaufenster, irgendwie sprachlos. Jemand, der sich etwas genauer im Fenster ansehen wollte, rempelte Wanderkorn versehentlich an.

„Oh sorry“, sagte die Frau, „ich wollte mir nur notieren, wann diese Lesung da ist. Meine Tochter wird sich bestimmt darauf freuen.“

„Ach, kein Problem“, sagte Wanderkorn, „es ist ja nichts passiert. Dann viel Spaß bei der Lesung.“ Er nahm Nina bei der Hand und sie gingen schweigend weiter.

Schließlich kehrten sie in eine Cocktailbar ein, wo sie einen schönen Platz am Fenster ergatterten. So konnten sie etwas trinken und nach draußen sehen. Andere Menschen beobachten. Nina machte das schon alleine aus Recherchegründen für ihre Bücher sehr gerne. Und Wanderkorn stellte sich bei jedem Mann einen potentiellen Mörder vor. Du kannst den Menschen nur vor die Stirn sehen, aber nicht dahinter, war seine Devise im Laufe der Jahre als Ermittler geworden. Und genau das ging ihm auch jetzt in Bezug auf seine Frau durch den Sinn. Was verschwieg ihm Nina noch alles. Wer hatte das Foto für die Lesung gemacht. Mit wem war sie in so kurzer Zeit auf der Insel so vertraut geworden, dass sie mit ihm zusammen in dem Restaurant saß, genau in dem Hotel, wo sie auch mit ihrem Ehemann wohnte. Heimlich musterte er sie von der Seite. Was hatte diese Insel mit ihr gemacht.

„Noch einmal dasselbe?“ Eine Bedienung war an ihren Tisch getreten.

Nina, die sich schon leicht benebelt von der Pina Colada fühlte, wählte nun einen Mai Tai, Wanderkorn bestellte einen zweiten Mojito.

Und als auch diese Gläser zur Hälfte geleert waren, lösten sich langsam ihre Zungen wieder. Wanderkorn berichtete von seinem Ausflug mit Flessner nach Esens, als sei nichts gewesen. Und Nina erzählte von den Vorbereitungen für ihre Lesung in der kleinen Buchhandlung, auf die sich schon freute.

Das Foto im Schaufenster indes erwähnte keiner von beiden mehr an diesem Abend.

Erst später, als sie im Hotelrestaurant saßen und noch etwas aßen, da sah Wanderkorn sich immer wieder in der Menge um, um den Mann zu entdecken, der Nina vielleicht flüchtige Blicke zuwarf, weil sie an diesem Abend nicht ihm gehörte. Und auf sonderbare Weise sah er plötzlich in jedem männlichen Wesen einen Feind, der seine Ehe hätte zerstören können. Das durfte er auf keinen Fall zulassen.

Montag

Niemand hätte jemals sagen können, warum, aber Montage waren irgendwie gesichtslose Tage. Keiner mochte sie. Schon alleine der Gedanke an diesen Montag, wenn man erwachte, ließ einen kraftlos wieder in die Kissen zurücksinken.

Deshalb kostete es Wanderkorn auch besondere Mühe, gegen acht Uhr aus dem Bett zu finden.

„Stehst du schon auf?", murmelte Nina schlaftrunken. Dann zog sie ihre Bettdecke übers Gesicht.

„Schlaf weiter", gab er zurück, „ich muss in die Dienststelle. Wir sehen uns heute Mittag." Er wusste nicht, ob sie ihn überhaupt gehört hatte. Dann ging er ins Bad.

Die Erfrischung unter der Dusche tat ihm gut. Sie hatten am gestrigen Abend eindeutig zu viel getrunken. Gerade die Cocktails hatten es in sich gehabt. Lange ließ er das fast kalte Wasser über seinen Rücken prasseln. Danach ging es ihm sichtlich besser, als er nach dem Handtuch griff und sich abrubbelte. Er dachte an seine Eifersucht zurück und wie er die Männer im Restaurant mit seinen Blicken abgetastet hatte. Jeder kam in Frage. Naja, wenigstens die, die mindestens vierzig waren. Doch bei Nina hatte er nicht einmal eine Reaktion auf irgendjemanden um sie herum feststellen können. Entweder, sie war eine begnadete Schauspielerin oder aber, er war an dem Abend nicht im Restaurant, weil Nina dort mit ihrem Mann speiste. Sie konnte es seinem Nebenbuhler per SMS mitgeteilt haben, dass Vorsicht geboten war. Er war noch nie auf den Gedanken gekommen, ihr Handy zu durchsuchen. Und auch jetzt schämte er sich alleine bei dem Gedanken. Ihre Ehe war immer auf unumstößliches Vertrauen aufgebaut gewesen. Sie hatten ein schönes Leben zusammen und sie liebten sich immer noch, auch wenn die Leidenschaft nachgelassen hatte. Aber in welcher Ehe war das wohl nicht so. Er selber wäre nie auf die Idee gekommen, eine Affäre anzufangen. Dazu fehlte ihm auch einfach die Zeit und bestimmt auch die Kraft für die vielen Lügen, die das Ganze dann nach sich ziehen würde. Und von Nina hätte er so etwas eigentlich auch nicht erwartet. Doch Juist hatte irgendetwas mit ihr gemacht. Soviel stand fest.

Er zog sich an, sah noch einmal in den Spiegel und fand, dass er so ganz moderat aussah. Auf leisen Sohlen schlich er sich aus dem Appartement, um Nina nicht zu wecken. Er nahm sich vor, sich zu beeilen, um sie ja nicht so lange alleine zu lassen. Das schien sie nur auf dumme Gedanken zu bringen.

Flessner war noch alleine in der Dienststelle, als Wanderkorn dort ankam. Das gab Wanderkorn die Gelegenheit, die Befragungen auf andere Füße zu stellen.

„Wir müssen die Zeugen unbedingt einzeln befragen", mahnte er, „sonst werden wir keine brauchbaren Antworten erhalten."

„Hm", machte Flessner und er nippte an seiner Teetasse. Ihm war klar, worauf dieser Hinweis hinauslief. Mit den Kutschern hatte er es dann wohl vergeigt.

„Wir könnten die, mit denen wir gerade nicht sprechen, ja solange in die Zelle sperren", schlug er vor.

Wanderkorn merkte, dass er veräppelt wurde. Trotzdem ging er auf den Vorschlag ein. „Oder aber, wir verhören denjenigen gleich in der Zelle. Und wenn er gesteht, sitzt er schon mal fest."

„Auch keine schlechte Idee", stimmte Flessner zu.

Schließlich einigten sie sich darauf, dass diejenigen, die gerade nicht befragt wurden, solange draußen vor der Tür warten sollten.

Den Anfang machte dann direkt der Chef Johann Meyer, der von Flessner und Wanderkorn erneut in die

Mangel genommen wurde. Er hatte dem, was er bereits in Esens ausgesagt hatte, nicht viel hinzuzufügen. Hannes Blank war ein guter Mitarbeiter gewesen, den er nur ungern hatte gehen lassen. Aber mit dem Gehalt als Kutscher hatte er mit seinem Imbiss nicht mithalten können. Ansonsten hatte Blank fast fünf Jahre in Johnnys Imbiss gearbeitet. Und aus dieser Zeit gab es nur drei weitere Kollegen, die nun auch draußen vor der Tür stünden und bereit wären, über die Zeit, in der sie mit Hannes Blank zusammengearbeitet hätten, zu sprechen.

Als Nächstes kam dann die Frau an die Reihe, die sie ebenso in Esens schon gesehen hatten. Sie hieß Hannelore Janssen und war dreiundvierzig Jahre alt. Sie wirkte ein so, als hätte sie sich für den Auftritt bei der Polizei ein wenig zurechtgemacht. Schlecht sieht die nicht aus, ging es Flessner durch den Kopf. Bestimmt bestellen gerade die Männer gerne bei ihr. Er riskierte einen kurzen Blick in ihr Dekolleté, als sie sich auf den freien Stuhl vor seinem Schreibtisch setzte, den Wanderkorn ihr angeboten hatte. Flessner stellte sich und seinen Kollegen noch einmal vor.

„Hannelore Janssen", sagte sie mit ihren vollen roten Lippen, „aber eigentlich nennen mich alle Lori."

„Na gut", sagte Flessner, „Lori, Sie haben also enger mit Hannes Blank zusammengearbeitet seinerzeit?"

„Enger?“, wiederholte sie und sah unsicher zur Seite zu Wanderkorn. Dieser blieb stumm, also fuhr sie fort. „Also, ich würde sagen, ich habe mit Hannes gearbeitet wie mit allen anderen Kolleginnen und Kollegen auch. Ganz normal eben. Ich bin keine, die Stresse mit Kollegen braucht, wenn Sie verstehen, was ich meine.“

„Nein, den braucht keiner“, bestätigte Flessner. „Dann formuliere ich es mal so. Wie gut haben Sie Hannes Blank in der Zeit, in der Sie zusammengearbeitet haben, kennengelernt? Wurde auch so etwas wie eine private Freundschaft daraus?“ Zu gerne hätte er noch gefragt, ob sie mit ihm im Bett gewesen war. Da hätte er dann jedes Detail abgerufen.

Sie ging für einen Moment in sich und senkte ihren Blick auf ihre ineinander gefalteten Hände, die in ihrem Schoß lagen. „Hannes war ein feiner Kerl, egal, was andere über ihn sagen. Dass er jetzt tot ist, das tut mir sehr leid. Das hat er nicht verdient.“

„Also kannten Sie ihn schon etwas besser?“, hakte Wanderkorn jetzt nach und sie sah zur Seite. Ihm gefielen ihre dunkelblauen Augen, deren Farbe man erst jetzt im Sonnenlicht, das durchs Fenster drang, so richtig erkennen konnte.

„Hm, es stimmt schon“, gab sie zu, „die anderen konnten weniger mit Hannes anfangen. Er war schon ein ziemlicher Eigenbrötler. Doch ich kam gut damit zurecht. Ich mag Menschen, die sich einem nicht gleich aufdrängen, wenn Sie verstehen, was ich meine. Gerade in meinem Job bin ich ständig zweideutigen Anspielungen ausgesetzt. Sowas hätte Hannes niemals getan."

„Sie waren ungefähr im gleichen Alter", stellte Wanderkorn fest, „da wäre es denkbar gewesen, dass aus Ihnen beiden auch hätte mehr werden können, wenn Sie sich so gut verstanden haben."

„Tja", seufzte sie, „in der Tat hätte ich nichts dagegen gehabt. Doch Hannes war immer in seiner eigenen Welt unterwegs. Und mit dem Job auf Juist mit den Pferden, da hat er glaube ich seine Erfüllung gefunden. Er liebte Pferde über alles."

„Sie sind also nicht verheiratet?", fuhr Flessner dazwischen.

„Tut das irgendwas zur Sache?", entgegnete sie.

„Nun ja, ein eifersüchtiger Ehemann ist auch immer ein guter Verdächtiger."

„Nein, ich bin nicht verheiratet", antwortete sie, „jedenfalls nicht mehr. Aber das ist schon länger her. Darüber will ich gar nicht mehr nachdenken. Ich lebe gerne so als Single. Ich habe einen tollen Job, super Kollegen und einen Chef, der mich gut bezahlt. Was will man mehr."

„Aber“, räusperte sich Wanderkorn nun und zog damit ihre Aufmerksamkeit wieder zu sich. Die plumpen Anmachversuche von Flessner gingen ihm gewaltig auf die Nerven. Seine gierigen Blicke auf die Frau waren ihm natürlich nicht entgangen. Einfach nur peinlich, dieser Mann. „Aber vielleicht gab es ja jemand anderen im Umfeld von Hannes Blank, mit dem er Schwierigkeiten hatte. Jemand, der so einen Zorn auf ihn entwickelt haben könnte, dass er ihn im Stall bei seinen Pferden brutal erschlagen hat.“ Die Worte verfehlten ihre Wirkung nicht. Ihre Augen wirkten plötzlich glasig.

„Sie haben sich über Hannes lustig gemacht“, sagte sie mit fast flüsternder Stimme. „Ich habe denen dann immer die Leviten gelesen, wenn ich es mitbekommen habe. Aber sonst weiß ich eigentlich nichts weiter.“

„Sie meinen, die Kollegen, die sich über ihn lustig gemacht haben?“, fragte Wanderkorn.

Sie nickte.

„Worüber genau haben die denn gelacht?“

„Ach, wenn man jemanden ärgern will, dann findet man immer etwas“, sagte sie und wischte sich mit dem Zeigefinger unter den Augen entlang. „Hannes hat im Grunde gar nicht darauf reagiert. In der Regel ging es immer nur um seine Schweigsamkeit. Sie haben ihn aufgezogen und gefragt, ob er überhaupt sprechen könnte. Ob er zudem noch taub sei und so weiter und so fort."

„Vor den Kunden im Imbiss?"

„Nein, da natürlich nicht. Da hätte der Chef ihnen aber was geflüstert. Er fand es auch nie gut, was die mit Hannes gemacht hatten. Aber Menschen sind wohl so, sie brauchen immer jemanden, über den sie sich selbst erhaben fühlen können."

Das fand Wanderkorn sehr schön formuliert. Gar nicht wie aus dem Mund einer gewöhnlichen Imbissverkäuferin.

„Wie lange machen Sie den Job eigentlich schon?", fragte er deshalb nach.

„In diesem Jahr feiere ich mein Fünfzehnjähriges", antwortete sie und lächelte. „Der Chef hat angedeutet, dass es dann eine große Feier für mich geben wird."

„Na, das ist doch nett."

„Ja, darauf freue ich mich schon."

Irgendwie schien nun alles gesagt und sie entließen die Zeugin wieder nach draußen zu den anderen. Es wurden noch zwei männliche Kollegen verhört, die ebenso mit Hannes Blank zusammengearbeitet hatte vor einigen Jahren. Es mussten wohl die Männer sein, die ihn immer so durch den Kakao gezogen hatten. Entsprechend frostig verliefen die Befragungen, bei denen außer fadenscheinigen Entschuldigungen für alles, was man dem armen Hannes angetan hatte, nicht viel mehr herauskam.

Und so saßen Flessner und Wanderkorn am frühen Nachmittag wieder alleine im Büro und starrten ins Leere.

„Hat das irgendetwas gebracht", fragte Flessner mehr sich selbst.

„Nicht viel", gab Wanderkorn zu. „Der Chef lobte ihn über den Klee, die bösen Kollegen zeigen sich reumütig und Lori hatte Tränen in den Augen, als sie von Hannes sprach. Der übliche Wahnsinn im Alltag eines Ermittlers also. Alle können gelogen oder eben doch die Wahrheit gesagt haben. Das sieht man ja niemandem an der Nasenspitze an."

„Vielleicht verrennst du dich da wegen dieser blöden Anstecknadel in etwas", meinte Flessner und er gähnte herzhaft. „Nur, weil wir so ein blödes Ding im Stroh gefunden haben, muss es ja nicht dem Mörder gehört haben. Vielleicht gehörte diese Nadel ja sogar Hannes Blank selber und er hat sie aus sentimentalen Gründen aufbewahrt, auch, nachdem er den Job im Imbiss geschmissen hatte."

„Das wäre denkbar", gab Wanderkorn zu, „tja, vielleicht sogar wahrscheinlich, wer weiß. Aber ich gestehe, ich hatte mir mehr von den Immbissleuten versprochen."

„Immer diese Kollegen“, murmelte Wanderkorn, „auch hier auf der Insel verdächtigen wir nur die Kutscher. Wieso eigentlich?“

„Na, weil es keine weiteren Berührungspunkte gibt“, sagte Flessner. „In dem Zimmer der Pension, wo er gewohnt hat, war er ... na, dreimal darfst du raten, richtig, unauffällig. Man hörte und sah ihn kaum. Meistens war er ja auch mit der Kutsche unterwegs oder bei seinen Pferden im Stall. Die Vermieterin konnte sich kaum an sein Gesicht erinnern, als ich sie zu Hannes befragt habe. Ich finde, das sagt wohl alles.“

„Tja, aber trotzdem“, knurrte Wanderkorn, „jemand kann doch nicht einfach unter dem Radar verschwinden. Da kann man noch so ein Eigenbrötler sein, aber jeder möchte sich mit jemandem austauschen irgendwann.“

„Wir können ja jeden, der hier auf der Insel fest ansässig ist, befragen, ob er etwas zu Hannes Blank zu sagen weiß“, entgegnete Flessner. Und das in einem Ton, so dass Wanderkorn erkannte, dass er sich selber nicht in der Rolle des Interviewers sah, der sich lächerlich machte in seinem Heimatort.

„Ist ja schon gut“, lenkte Wanderkorn ein. „Aber Fakt ist, irgendjemand hat Hannes Blank erschlagen. Ob uns das nun gefällt, oder nicht.“

Mit Blick auf die Uhr entschuldigte er sich dann, weil er mit Nina zum Essen verabredet war.

Nina hatte fast bis zwölf Uhr im Bett gelegen und war gutgelaunt ins Badezimmer gegangen. Schon in zwei Tagen fand ihre Lesung in der Buchhandlung statt. Dann würde sie ihn endlich wiedersehen. Sie schloss die Augen, als sie das Wasser wie feine Finger über ihren Körper gleiten spürte. Es war nicht richtig, was sie dachte. Doch zum Glück konnte Sören ja noch keine Gedanken lesen. Sie waren nicht einmal mehr vierzehn Tage hier auf der Insel und danach musste sie sich sowieso wieder in Düsseldorf eingewöhnen und Ostfriesland vergessen. Sie gönnte sich doch nur mal einen kleinen Urlaubsflirt. Na und. Wer wusste schon, mit wie vielen Kolleginnen Sören geflirtet hatte während seiner Laufbahn. Das war überhaupt nichts Schlimmes. Sie stellte das Wasser ab und griff nach dem Handtuch, das an der Wand hing, als sie die Duschkabine öffnete. Sie rubbelte sich ab und stieg heraus.

Die Sonne schien ins Fenster. Es war ein herrlicher Tag. Sie wählte eine Jeans und eine weiße Bluse. Ihre nassen Haare klemmte sie hinten am Kopf zusammen. Dann ging sie in den Wohnraum und setzte sich vors Fenster. Bestimmt würde es nicht mehr lange dauern, bis Sören zurückkam.

Es waren viele Menschen am Strand unterwegs. Einige hielten sich bei der Hand, andere kümmerten sich um ihre kleinen Kinder. Es war ein wunderschönes Bild einer heilen Welt, die es eigentlich nicht gab. Doch Nina glaubte nur zu gerne daran.

Was würde wohl passieren, wenn Sören herausfand, was sie für den jungen Buchhändler empfand. Dass er das Foto gemacht hatte, mit dem zur Lesung eingeladen wurde. Dass sie noch mitten in der Nacht mit ihm, ihn bei der Hand haltend, am Strand entlanggegangen war. Es war nicht sie gewesen, die diese Intimität forciert hatte. Er hatte es einfach getan und sie hatte ihm ihre Hand nicht entzogen. Seine Haut war warm und weich gewesen. Nicht so knochig wie die von Sören.

Plötzlich hatte sie Lust, weiter an ihrem neuen Romanprojekt zu schreiben. Sie stand auf und holte ihren Laptop vom Schreibtisch. Dann setzte sie sich wieder ans Fenster und tippte los.

„Na, so fleißig ...“.

Nina erschrak, als jemand seine Arme von hinten um sie legte. Sören war wieder da und sie hatte ihn überhaupt nicht reinkommen hören. Sie klappte ihren Laptop zu und legte ihn auf dem Beistelltisch ab. Dann drehte sie sich aus seiner Umarmung und stand auf.

„Ich habe einen Bärenhunger“, sagte sie, „wir können sofort nach unten gehen.“

„Okay, ich mache mich kurz frisch, dann geht es los“, sagte er und verschwand im Bad.

Sie hoffte, dass er nichts von der Liebesszene am Strand, an der sie gerade geschrieben hatte, gelesen hatte. Doch in der Regel interessierte er sich nicht für ihre Texte. Das beruhigte sie ein wenig. Sie löste ihre Haare und schüttelte sie auf. Dank ihrer Naturkrause saßen sie immer perfekt, wenn sie trocken waren.

Schon bald darauf saßen sie an ihrem üblichen Tisch im Restaurant und alles war wie immer. Er erzählte ihr von den Befragungen und sie hörte aufmerksam zu, ohne zu viele Fragen zu stellen.

„Was machen wir jetzt?", fragte Sören, als sie fertig waren. „Einen kleinen Verdauungsspaziergang am Strand?"

„Hm", machte Nina, „ich weiß nicht, in der direkten Mittagssonne?"

„Verstehe. Ich würde auch lieber ein kleines Nickerchen machen, das gebe ich zu. Als ich heute in der Früh aufstand, da quälten mich fiese Kopfschmerzen von den Cocktails. Mittlerweile sind sie verflogen. Aber ein wenig müde bin ich schon."

„Das ist okay", stimmte Nina zu, „ich werde dann noch ein wenig weiterschreiben. Und in den Nachmittagsstunden gehen wir noch einmal raus und trinken irgendwo einen Kaffee."

„Perfekt", sagte er und sie gingen nach oben in ihr Appartement.

Flessner hatte sich etwas vom Grill geholt und nun saß er mit leichtem Völlegefühl am Schreibtisch und rülpste laut. Wenn das Lori gehört hätte, dachte er bei sich und kicherte. Ja, diese Frau, die war schon eine Sünde wert. Und dann fragte er sich, wieso Hannes, dieser Lump, seine Chance nicht ergriffen hatte. War er vielleicht am Ende sogar schwul. Das würde ja ein ganz anderes Licht auf die Tätersuche werfen. Oder auch nicht. Aber eins stand fest, er hatte sich ganz gewiss nicht selber den Schädel eingeschlagen. Er wurde schläfrig und er legte die Füße auf den Schreibtisch. Die Hände auf den Bauch gefaltet fiel er bald darauf in einen leichten Schlaf.

Nina und Sören hatten sich gegen fünfzehn Uhr dreißig auf den Weg gemacht und waren in ein Café eingekehrt. Dort tranken sie einen Kaffee und hinterher nahmen sie noch eine Eistüte für unterwegs mit. Nun liefen sie am Strand am Wasser entlang. Es war eine herrliche Stimmung. Nina fühlte sich wohl mit ihrem Mann. Hin und wieder sah sie zur Seite und musterte sein Profil. Ja, er war der Mann, den sie liebte. Nur er. Der Mann, der immer für sie da gewesen war, wenn es ihr mal schlechter ging. Und nun gab er ein Vermögen aus, weil man bei ihr den Grünen Star festgestellt hatte. Er hatte es nicht verdient, hintergangen zu werden. Sie dachte darüber nach, in der Buchhandlung anzurufen und die Lesungen einfach abzusagen.

Sie blieben stehen und schleckten jeder an ihrem Eis. Wegen der Hitze tröpfelte etwas von der Vanille auf Ninas Halstuch. Wanderkorn hatte es gesehen und wies sie darauf hin.

„Oh nein“, sagte Nina, „das ist ein nagelneues Seidentuch. Das kann ich jetzt wohl vergessen. So ein fettiger Fleck geht da nie und nimmer wieder raus.“

Wanderkorn starrte immer noch auf das Tuch. Allerdings interessierte ihn der weitere Verbleib desselben weniger. Vielmehr starrte er nun geradezu auf den Gegenstand, mit dem das Tuch zusammengehalten wurde.

„Was ist?“, fragte sie und drückte ihm ihre Eistüte in die Hand, um ein Taschentuch aus ihrer Jeans zu ziehen. Eigentlich hatte sie erwartet, dass er sich darum kümmerte. Stattdessen glotzte er nur.

„Du sagst, das Tuch ist neu?“, fragte er, während das dahinschmelzende Eis von Nina über seine Finger rann. Sein Eis hatte er längst gegessen.

„Ja, ist es. Es hat fünfzig Euro gekostet. Und das war sogar noch ein Sonderangebot.“ Nina wischte so gut es ging mit dem Taschentuch über den Fleck doch sie ahnte, dass sich ihre Vermutung wohl bestätigen würde. Das Tuch konnte geradewegs in den Müll wandern.

„Und was ist mit der Anstecknadel?“

Nina sah ihn mit großen Augen an. „Was soll damit sein?“

„Ist die auch neu?“

„Also, ich habe beides von meinem Geld gekauft, falls es das ist, was du wissen möchtest.“ Sie stampfte mit einem Fuß auf, doch im weichen Sand brachte das nicht viel. Zuhause knallten ihre Absätze dann immer auf dem Steinboden in der Küche, wenn sie wütend wurde.

„Nina, darum geht es doch überhaupt nicht“, sagte er. Nun merkte er, wie klebrig seine Hand war. Von Ninas Eis war nur noch die Tüte übriggeblieben. Suchend sah er sich nach einem Mülleimer um und entdeckte tatsächlich einen gar nicht weit von dort, wo sie standen.

„Na, gib her“, sagte Nina und sie nahm ihm die Tüte mit ihrem Taschentuch ab.

Nun zog Wanderkorn seinerseits ein Tuch aus seiner Hosentasche und wischte seine klebrige Hand, die er kurz ins Wasser getaucht hatte, so gut es ging ab.

„Ich meinte meine Frage sehr ernst“, sagte er dann, als er sich wieder halbwegs wohl in seiner Haut fühlte. „Ist diese Anstecknadel an dem Tuch auch neu?“

„Ja, ist sie. Aber warum ist das denn so wichtig.“

„Das erkläre ich dir später, Liebes.“ Er drückte ihr einen Kuss auf die Wange. „Aber jetzt muss ich schleunigst in die Dienststelle.“

Schon eilte er davon.

Nina hätte bestimmt allen Grund gehabt, jetzt so richtig sauer zu sein. Doch als sie ihn da im Sand davon staksen sah, da musste sie herzlich lachen. Er versuchte zu rennen, doch das war im weichen Sand gar nicht so einfach mit den Lederschuhen, die er trug. Was war ihm nur wieder durch den Kopf gegangen. Und was hatte das alles mit ihrem Tuch und der Anstecknadel zu tun. Er würde es ihr später bestimmt erzählen. Und bis dahin werde ich weiterschreiben, dachte sie und sie ging geradewegs zum Hotel zurück.

Die Tür knallte unbeabsichtigt hinter ihm zu, als Wanderkorn in die Dienststelle trat. Flessner, der immer noch selig schlief, schrie kurz auf und fast wäre er mitsamt Stuhl hintenübergefallen. In letzter Sekunde konnte er sich noch an den Schreibtisch krallen, als er seinen linken Fuß vom Schreibtisch zog.

„Sorry“, sagte Wanderkorn, „das war bestimmt nicht meine Absicht.“

„Ich hab’s überlebt“, schnaufte Flessner. Dann saß er wieder vernünftig am Schreibtisch und sah Wanderkorn fragend an.

„Mir ist da etwas aufgefallen“, sagte Wanderkorn und er zog einen Stuhl an Flessner Schreibtisch heran. „Vorhin, als Hannelore Janssen hier gewesen ist.“

Ein Lächeln flog über Flessners Gesicht. Doch schnell rief er sich wieder zur Ordnung, als er Wanderkorns bösen Blick bemerkte.

„Mir ist schon klar, wohin du da gesehen hast, als sie hier saß“, sagte Wanderkorn nun mit einem Lächeln in der Stimme, „aber mir ist noch etwas anderes an ihr aufgefallen.“

„Ach ja? Die Haare?“ Flessner wusste sich nicht anders zu helfen und griff nach dem letzten Strohhalm, der ihm einfiel.

„Ja, die sicher auch“, murmelte Wanderkorn, der sich nicht mal mehr an die Farbe derselben hätte erinnern können. „Die Anstecknadel“, sagte er stattdessen, „die war nigelnagelneu.“

„Welche Anstecknadel?“, fragte Flessner, als höre er dieses Wort das erste Mal in seinem Leben.

„Na, die von Johnnys Imbiss, an ihrer linken Brust.“

„Ach ja, jetzt erinnere ich mich“, füllten sich die Lücken in Flessners Kopf. „Und du meinst, die war neu?“

„Nagelneu.“

„Und warum ist das so wichtig?“

„Vielleicht ist es überhaupt nicht wichtig“, sagte Wanderkorn, „aber es könnte auch von immenser Bedeutung sein.“

„Das verstehe ich ehrlich gesagt nicht.“

„Also“, sagte Wanderkorn und dann erklärte er Flessner, was ihn bei einer nagelneuen Anstecknadel so stutzig machte.

Hannelore Janssen

Am nächsten Morgen gegen zehn Uhr stand Wanderkorn am Flugplatz von Juist und hielt Flessners Hand. Dieser zitterte am ganzen Körper wie Espenlaub.

„Das ist überhaupt nicht schlimm“, versuchte Wanderkorn seinen Kollegen zu beruhigen, „du wirst sehen, danach wirst du nie wieder mit der Fähre rüberfahren. Das dauert doch alles viel zu lange.“ Langsam war er auch etwas genervt von Flessners Gezicke.

„Aber was ist, wenn das Ding abstürzt?“, wagte Flessner sich, zwischen seinen zusammengepressten Zähnen zu fragen.

„Und was ist, wenn die Fähre untergeht“, entgegnete Wanderkorn, „denkst du, dass du es dann schaffst, eine Stunde zu schwimmen.“

„Nein“, kam es kläglich vom Gegenüber. „Aber eine Fähre ist in meiner Zeit noch nie untergegangen.“

„Und wie viele Flugzeuge sind abgestürzt?“

„Keines.“

„Na also. Komm schon.“ Wanderkorn zog an Flessners Arm und sie setzten sich langsam in

Bewegung auf die Maschine zu, in der der Pilot saß und sich das Spektakel da draußen betrachtete. Ihm war es ja egal, wann es endlich losging. Aber sowas hatte er wirklich noch nicht gesehen. Ein erwachsener Mann, der sich aufführte wie ein Baby.

Wanderkorn und Flessner standen jetzt vor der offenen Tür. Flessner, wie ein Baum, Wanderkorn versuchte, nachzuschieben.

„Soll ich erst reingehen?“, fragte Wanderkorn.

„Ja“, jammerte Flessner. In dem Moment, da dachte er noch an die Möglichkeit einer Flucht.

Wanderkorn stieg ein, blieb aber stehen und hielt noch immer Flessners Hand. Also blieb dem Inselsheriff keine andere Wahl. Er hob einen Fuß an und setzte ihn vorsichtig ins Flugzeug. Als er festen Halt damit gefunden hatte, nahm er Schwung und zog das andere Bein nach. Dann plumpsten beide Männer auf die Rücksitzbank.

„Dann kann es ja losgehen“, sagte der Pilot und er ging nach draußen, um die hintere Tür zu schließen, während die beiden Männer sich anschnallten. Als er wieder eingestiegen war, warf er den Motor an. Da schloss Flessner die Augen. Wanderkorn schüttelte mit dem Kopf. Aber soweit hatte er es doch geschafft. In gut fünf Minuten wären sie drüben auf dem Festland und dann ging es weiter nach Norddeich, wo heute einer der beiden Imbisse geöffnet hatte, wie Wanderkorn nach einer kurzen Suche im Internet auf Johnnys Website erfahren hatte.

Der Flug war kurz. So kurz, dass selbst Flessner sich wunderte, als er wieder aus der Maschine stieg.

„Das war ja gar nicht so schlimm“, stellte er fest. „Und so schnell war ich noch nie auf dem Festland.“

„Ich hab es ja gesagt“, erwiderte Wanderkorn.

Es wartete bereits ein Streifenwagen auf die beiden Männer und so erreichten sie auch in wenigen Minuten den Imbissstand. Heute stand der Chef Johann Meyer hinter dem Tresen. Dazu noch eine junge Frau. Darüber war Wanderkorn ein wenig enttäuscht. Er hatte gehofft, hier direkt auf Hannelore Janssen zu treffen.

„Hallo“, sagte Wanderkorn und er merkte, dass es Meyer, der ihn sofort erkannte, gar nicht in den Kram passte, dass die Polizei schon wieder vor seinem Imbiss herumturnte.

„Was gibt es denn schon wieder?“, murmelte Meyer, während er Pommes in eine Schale gab und Mayo darauf verteilte. Er steckte eine Plastikgabel hinein und reichte das Ganze mit einer Serviette an den jungen Mann, der die Bestellung aufgegeben hatte.

Und das so früh am Tag, dachte Wanderkorn. Er hätte das jetzt nicht essen können. „Eigentlich würden wir gerne mit Frau Janssen sprechen“, sagte er.

„Lori? Die ist heute nicht da. Was wollen Sie denn von ihr?“

„Das müssten wir schon persönlich mit ihr besprechen. Ist sie zuhause?“

„Woher soll ich das wissen?“

„Stimmt. Aber sicher haben Sie die Adresse, oder?“

„Ich darf doch nicht die Privatdaten meiner Mitarbeiter herausgeben“, sagte Meyer und schüttelte den Kopf.

„An die Polizei schon“, konterte Wanderkorn. „Also?“

Meyer gab sich geschlagen und nannte die Adresse einer Wohnung in einem Mehrfamilienhaus, das sich in Esens befand.

„Vielen Dank“, sagte Wanderkorn. Dann blieb er noch einem Moment stehen und sah auf Meyers Hemd.

„Hab ich da was?“, fragte Meyer irritiert.

„Wie alt ist Ihre Anstecknadel?“

Meyer sah an sich selbst herunter. „Keine Ahnung? Wozu ist das wichtig?“

„Ach, nur so.“

Wanderkorn und Flessner gingen zum Wagen und sie ließen sich nach Esens zu der Adresse von Hannelore Janssen fahren.

Wanderkorn drückte auf eine von sechs Klingeln und der Summer ertönte. Er drückte die Tür auf und sie gingen in den Hausflur. Es roch nach Zitrone. Sie mussten in den ersten Stock gehen und dann standen sie rechts vor der Tür mit dem Schild Hannelore Janssen. Wieder drückte Wanderkorn auf eine Klingel, er wunderte sich, dass sie nicht schon aufgemacht hatte. Dann wurde geöffnet. Hannelore Janssen war noch im Morgenmantel und ungeschminkt. Flessner erschrak ein wenig bei dem Anblick, der so gar nichts mehr von dem Charme aus der Dienststelle hatte.

„Was machen Sie hier?", fragte sie und ihr Atem roch nach Zigaretten.

„Dürfen wir kurz hereinkommen?", fragte Wanderkorn, „wir müssten Ihnen noch ein paar Fragen zum Mord an Hannes Blank stellen."

Sie lachte kurz auf. „Aber ich habe Ihnen doch schon alles gesagt, was ich weiß. Wozu bin ich dann eigentlich auf die Insel gekommen, wenn Sie mich doch bis an meine Haustür verfolgen?"

„Es wird sicher nicht lange dauern", mischte sich Flessner ein. Seitdem er das erste Mal geflogen war, fühlte er sich tapferer als sonst.

Hannelore Flessner zog den Kragen ihres Morgenmantels weiter zusammen. „Ich würde mir gerne vorher noch etwas anderes anziehen", sagte sie, „Sie können so lange im Wohnzimmer warten." Sie zeigte auf eine Tür zur Linken. Dann verschwand sie in dem Raum gegenüber und die Ermittler nahmen im Wohnzimmer Platz.

Der Raum hatte zwei große Fenster und alles wirkte offen und freundlich. Die Möbel waren passend gewählt zu dem Rest der Einrichtung und gaben ein angenehmes Gesamtbild mit den leicht grau getönten Wänden ab. Es war offensichtlich, dass kein Mann hier in der Wohnung sein Unwesen trieb. Es lag nichts herum, alles war sauber und ordentlich aufgeräumt.

„Sie sah aus, als ob es ihr nicht gut ginge“, meinte Flessner und er sah auf ein Foto an der Wand, dass Hannelore im Imbiss mit ihren Kollegen zeigte. „Da guck mal“, er stand auf, „da auf dem Foto, das ist doch Hannes.“

Wanderkorn war neugierig geworden und ebenfalls hochgekommen.

„Tatsächlich“, sagte er, als er neben Flessner stand, „also, ich finde, sie ist näher an Hannes herangerückt als an die anderen Kollegen. Oder sehe nur ich das so?“

Flessner kniff die Augen zusammen, so gut konnte er ohne Brille dann doch nicht mehr sehen. Und leider hatte er diese in der Dienststelle vergessen, weil er mit seiner Flugangst beschäftigt gewesen war. „Jetzt, wo du es sagst“, murmelte er.

„Was machen Sie da?“ Hannelore war ins Wohnzimmer gekommen und die beiden Männer sahen sich nach ihr um. Angezogen wirkte sie schon wieder eher wie eine attraktive Frau. Auch die Lippen waren jetzt rot angemalt. Trotzdem sah sie immer noch ein wenig verhärmt aus, wie Flessner dachte.

„Wir sehen uns gerade die Aufnahme an“, sagte er, „ein schönes Bild.“

„Ach das“, wiegelte Hannelore ab, „das wurde zu meinem zehnjährigen Jubiläum aufgenommen.“

„Auch Hannes Blank gehörte da noch zum Team.“

„Das weiß ich.“ Sie setzte sich ins Sofa und überließ so den beiden Männern die freien Sessel. Sie setzten sich ebenfalls wieder. „Also, weshalb sind Sie jetzt hier?“ Sie seufzte auf und dachte, nur gut, dass ich gestern noch aufgeräumt habe.

„Na gut“, übernahm jetzt Wanderkorn die Befragung, „würden Sie uns bitte die Anstecknadel zeigen, die Sie das letzte Mal, als wir Sie auf Juist befragt haben, getragen haben.“

Sie zog die Stirn kraus. „Wie bitte? Wozu soll das gut sein?“

„Das erkläre ich Ihnen dann schon“, erwiderte er knapp. Sie war es schließlich, die ihren ungebetenen Besuch schnell wieder loswerden wollte. Dann sollte sie bitteschön mitspielen.

„Ppff ...“, machte sie, „von mir aus.“ Sie erhob sich und verließ das Wohnzimmer.

Flessner konnte sich einen Blick auf ihren Hintern nicht verkneifen. Wanderkorn bekam das mit und schmunzelte in sich hinein. Nur gut, dass Flessner Nina noch nicht kennengelernt hatte. Da würden ihm wohl die Augen aus dem Kopf fallen. Jedenfalls er fand Nina wunderschön, auch wenn sie eher schlank und sportlich war, was ihren Körper betraf. Gerade das gefiel ihm selber so an ihr und sie hatte im Laufe der Zeit, in der sie sich kannten, nicht ein Gramm Fett angesetzt. Das bewunderte er wirklich. Hannelore kam zurück und sie setzte sich wieder aufs Sofa.

„Hier", sagte sie und reichte Wanderkorn die Anstecknadel.

„Danke", erwiderte dieser und er legte sie vor sich auf den hellen Holztisch. Dann zog er ein Tütchen heraus, in dem die Anstecknadel verstaut war, die er in der Pferdebox gefunden hatte, wo man Hannes Blank ermordet hatte. Auch, ohne dass er diese herausnahm, war es deutlich zu erkennen, was ihm bereits aufgefallen war, als sie in der Dienststelle gewesen war. Aber erst, nachdem sie wieder weg war. Leider. Deshalb saßen sie ja jetzt hier bei ihr in der Wohnung.

„Was ist denn jetzt?", fragte Hannelore ungeduldig, „was machen Sie da eigentlich?"

„Dieses hier", sagte Wanderkorn und hielt das Tütchen in die Höhe, „das ist die Anstecknadel, die wir in der Pferdebox gefunden haben, in der Hannes Blank ermordet worden ist.“

Sie linste herüber. „Das ist eine Anstecknadel von Johnnys Imbiss“, stellte sie dann gelassen fest. „Na und. Die Dinger gibt es tausendfach. Und vermutlich hat Hannes sie damals, als er im Imbiss aufgehört hat, behalten, weil er etwas zur Erinnerung haben wollte.“

„Ja“, meinte Wanderkorn, „so könnte es gewesen sein. Aber“, fuhr er dann mit erhobener Stimme fort, „ich vermute etwas ganz anderes.“

„Und was?“ Sie rutschte kurz auf ihrem Sofa hin und her.

„Das Rot der Anstecknadel, die wir gefunden haben und das Rot der Nadel, die Ihnen gehört“, er wies auf den Wohnzimmertisch, wo diese lag, „sind identisch.“

Sie sah wieder mit gekräuselter Stirn herüber. „Für mich ist Rot immer Rot“, sagte sie knapp.

„Für die meisten Menschen wäre es vermutlich unerheblich, da gebe ich Ihnen durchaus recht. Aber Ihre Anstecknadel und diese hier“, wieder hielt er das Tütchen hoch, „sie sind eindeutig neueren Datums, ich schätze mal, keine zwei Jahre alt. Wenn nicht sogar noch jünger, denn an Ihrer Nadel gibt es kaum Abnutzungserscheinungen. Ebensowenig an der, die ich gefunden habe. Und meine Schlussfolgerung daraus ist, dass es sich bei der Anstecknadel aus der Pferdebox nicht um ein Erinnerungsstück von Hannes Blank handeln kann, da er zu dieser Zeit, als diese Anstecknadeln geprägt wurden, schon längst nicht mehr beim Imbiss gearbeitet hat.“

Sie dachte einen Moment über das Gesagte nach. Dann holte sie tief Luft und sagte: „Also, ich weiß ja nicht, was Sie damit andeuten wollen. Aber diese Nadeln fliegen überall herum, wo wir mit unserem Imbisswagen stehen.“

„Sie verschenken die also an alle Kunden?“

„Nein, so ist es natürlich auch nicht. Eigentlich sind die nur für Mitarbeiter. Aber wenn ein Kind danach fragt, dann dürfen wir schon mal ein Auge zudrücken, hat Johann ... ähm ... Herr Meyer gesagt. Er meint immer, die Kinder sind die Kundschaft von morgen. Wir müssen sie heute schon an uns binden, wenn wir sie nicht an die Konkurrenz verlieren wollen.“

„Dafür ist so eine Anstecknadel sicher ideal“, stimmte Wanderkorn zu. „Und trotzdem wundere ich mich, wie Sie sich sicher auch vorstellen können, schon darüber, warum ein so neues Exemplar einer Anstecknadel in der Pferdebox gefunden werden konnte.“

Nun fiel der Groschen bei ihr. „Sie denken doch wohl nicht, dass ich Hannes ermordet habe?“, rief sie verständnislos blickend aus.

„Haben Sie es getan?“, fragte Wanderkorn trocken.

„Nein, natürlich nicht“, stieß sie aus. „Warum hätte ich ihn denn umbringen sollen, ich habe ihn doch …“. Sie stoppte. Sie lief rot an, weil sie merkte, dass sie einen verdammten Fehler gemacht hatte.

„Was haben Sie ihn doch?“, fragte Wanderkorn.

Sie vergrub ihr Gesicht in den Händen. „Ich habe Hannes geliebt.“ Sie wischte sich über die feuchten Wangen und schien erleichtert, dass sie es endlich laut ausgesprochen hatte.

„Also waren Sie ein Paar?“, fragte Flessner.

Hannelore zog die Schultern hoch. „Das weiß ich auch nicht“, meinte sie zögerlich, „damals“, sie sah zu der Fotografie an der Wand, „damals, da haben wir uns glaube ich auf den ersten Blick ineinander verliebt.“ Es huschte ein Lächeln über ihr Gesicht. „Doch es hat eine Weile gedauert, bis auch er sich getraut hat, zu seinen Gefühlen zu stehen. Das fand ich total süß. Ich mag zurückhaltende Männer.“

Sofort räusperte sich Flessner und setzte sich weiter im Sessel zurück.

„Wie genau müssen wir uns Ihre Beziehung dann also vorstellen?“, fragte Wanderkorn.

„Nicht gewöhnlich“, sagte sie, „aber gewöhnlich zu sein, das war weder Hannes Ding noch meines. Wir mochten uns, aber wir wollten auch unsere Freiheit nicht ganz aufgeben. Insofern passte alles ganz gut. Wir haben uns bei der Arbeit nichts anmerken lassen. Naja, jedenfalls dachten wir, dass keiner etwas ahnt. Aber man verrät sich doch durch Blicke und kleine Gesten, wenn man zusammen Schicht hat. Der Chef, also Herr Meyer, er sprach mich eines Tages darauf an, ob etwas zwischen mir Hannes liefe. Ich wollte ihn nicht anlügen und habe es ihm gestanden. Er meinte nur, dass er Wert darauflege, dass das gesamte Betriebsklima nicht darunter leiden würde. Ansonsten wäre es ihm egal."

„Und sonst hat niemand etwas gemerkt?"

„Das weiß ich nicht. Gesagt hat jedenfalls keiner etwas. Wie gesagt, niemand hat sich groß für Hannes interessiert."

„Außer Ihnen."

„Ja."

„Und als Hannes im Imbiss gekündigt hat und nach Juist wechselte", sagte Wanderkorn, „wie ging es da mit Ihnen beiden weiter?"

„Tja", seufzte sie und zog ein Taschentuch unter einem Kissen hervor. Offenbar weinte sie viel, wenn sie alleine war. „Für mich war es ehrlich gesagt ein Schock, als Hannes mir das gesagt hat. Ich wusste ja, dass wir eine eher lockere Bindung wollten, aber sowas. Ich meine, ich stehe praktisch täglich im Imbiss und er auf einer Insel. Wann hätte man sich denn da sehen sollen?"

„Haben Sie eine Lösung dafür gefunden?"

„Wir haben es jedenfalls versucht. Sobald wir gemeinsame freie Tage hatten, haben wir uns getroffen."

„Und wo?"

„Naja, er kam rüber aufs Festland", antwortete sie.

Nun war Wanderkorn doch etwas enttäuscht. Es hätte so gut in sein Bild gepasst, wenn die beiden sich im Stroh in der Pferdebox gewälzt hätten. Dann wäre auch das Rätsel um die Anstecknadel geklärt gewesen.

„Sie waren also nie bei ihm auf Juist?"

Hannelore schüttelte mit dem Kopf. „Wo hätten wir uns denn da aufhalten sollen? Etwa in seinem kleinen Zimmer?"

Es gibt jetzt zwei Möglichkeiten, dachte Wanderkorn. Entweder, sie lügt wie gedruckt und ist eine gute Schauspielerin, die ihren Freund, der sie mehr oder weniger hängenließ, aus Wut ermordet hat, oder aber sie sagte die Wahrheit. Und im zweiten Fall war dann wieder unklar, wer der Mörder war, der die Anstecknadel verloren hatte. Es gab nicht den geringsten Fingerabdruck darauf. Und dann kam ihm noch ein anderer Gedanke. Was war, wenn diese Nadel niemals von jemandem getragen oder angefasst worden war. Außer vom Mörder natürlich, der sie mit behandschuhten Fingern angefasst und ins Stroh geworfen hatte, um den Verdacht auf Hannelore zu lenken. Er merkte, dass sowohl Flessner als auch

Hannelore ihn mit großen Augen ansahen, weil er nichts mehr sagte.

„Ähm“, machte Wanderkorn, der es gerne hatte, wenn er in solchen Zweifelsfällen erst einmal alleine seine Gedanken sammeln konnte. Aber hier saß er irgendwie in der Falle. Und zwar bei zwei Ostfriesen. Da musste er jetzt durch. „Frau Janssen“, sagte er dann im Brustton, „das ist jetzt sehr sehr wichtig. Wäre es möglich, dass Ihr Chef Johann Janssen mehr in Ihnen gesehen hat als seine beste Imbissverkäuferin?“

„Johann?“, quiekte sie.

„Sie wissen schon, wen ich meine. Er hat Sie doch damals auch angesprochen, als er das mit Ihnen und Hannes mitbekommen hat. Er ist ledig, soweit ich weiß. Und Sie ebenso. Und der Imbiss ist ihre gemeinsame Leidenschaft. Da kann man schnell mal eins und eins zusammenzählen und ein Paar dabei erkennen.“

„Aber ich will nichts und ich wollte auch noch nie etwas von Johann. Er ist überhaupt nicht mein Typ.“

„Haben Sie ihm das so auch gesagt?“

Sie schnaufte. „Ja, einmal“, sagte sie dann gequält. „Es war Schützenfest in Esens, wir hatten alle viel getrunken. Da passiert sowas schon mal. Auf jeden Fall ist Johann da schon sehr anhänglich geworden, möchte ich mal sagen.“

„Wann war das?“

„Auf jeden Fall, nachdem Hannes weg war“, sagte sie schnell. „Sonst hätte er sich das bestimmt nicht getraut.“

„Also wusste Herr Meyer nicht, dass Sie sich immer noch heimlich mit Hannes trafen, nachdem er nach Juist gegangen war?“

„Nein, woher denn. Er wohnt ja nicht hier.“ Sie wies mit ihren Händen in die Runde.

Stimmt, dachte Wanderkorn, er wohnt nicht hier. Aber was ist, wenn er ihr heimlich nachgestellt hat in der Hoffnung, doch noch bei ihr landen zu können. Und dann sah er seinen Nebenbuhler, den er längst über alle Berge und aus der Schusslinie wähnte. Wenn es so war, dann musste das Blut in seinen Adern wohl gekocht haben. Hannes Blank musste verschwinden.

„Wissen Sie, ob Ihr Chef vielleicht ein kleines Boot oder so hat?“, fragte er nachdenklich.

Sie nickte. „Ich würde dazu ja eher Nussschale sagen“, lachte sie, „aber er kann schon damit auf die Inseln fahren, falls Sie das meinen.“

„Genau das meinte ich“, sagte Wanderkorn. Dann erhob er sich aus dem Sessel. „Flessner, kommen Sie, wir haben noch etwas zu erledigen.“

„Jawoll“, erwiderte dieser.

Als Hannelore Janssen die Tür hinter den Männern schloss, da musste sie schon wieder weinen. Sie und Hannes, sie hatten noch so viele gemeinsame Pläne gehabt. Sie wusste im Moment nicht, wie es mit ihrem Leben weitergehen sollte.

Geschlagene zwei Stunden hatte es gedauert, bis Nina endlich den gewünschten Erfolg verspürte. Sie war froh, dass Sören noch nicht zurück war, als ihre Halsschmerzen einsetzten beim Schlucken. Es war ein alter Trick aus ihrer Schulzeit, den sie nun wieder hatte aufleben lassen. Mit Eiswürfeln im Mund hatte sie sich immer wieder kalte Luft mit dem Föhn in den Hals geblasen, während sie die Eiswürfel malmte und immer wieder neue nachlegte. Zum Schluss waren ihr Hals und ihre Wangen mehr oder weniger taub vor Kälte gewesen. Aber um eine angekratzte Stimme zu haben, damit sie nicht zur Lesung am nächsten Tag musste, da war ihr in diesem Moment wirklich jedes Mittel recht gewesen. Sie durfte diesen jungen Mann einfach nicht wiedersehen, dann würde sie ihn schon vergessen können. Die Frage war nur, ob er das auch konnte. Er wusste, wo sie wohnte. Was war, wenn er einfach hier aufkreuzte, wenn sie sich krankmeldete. Seine Andeutungen am besagten Abend am Strand waren mehr als eindeutig gewesen. Er hatte sich unsterblich in sie verliebt. Und ich, dachte sie bekümmert, während sie einen dicken schmerzhaften Kloß im Hals herunter presste. Bin ich auch verliebt. Nun, ein kleiner Flirt war es schon auch von ihrer Seite aus gewesen. Aber mehr auch nicht. Und sie hatte ihm deutlich gesagt, dass sie glücklich verheiratet war. Schnell brachte sie den Föhn jetzt wieder ins Badezimmer und goss die restlichen Eiswürfel in die Spüle und ließ heißes Wasser darüber laufen, damit die Beweismittel schnell verschwanden. Sören würde sich wundern, wenn er sie entdeckte.

Danach setzte sie sich in eine Decke gehüllt vors offene Fenster und sah hinaus zum Meer. Sie fragte sich, ob das wirklich die Art Urlaub war, die sie sich vorgestellt hatte, als Sören buchte. Da war es noch hauptsächlich um ihr Augenlicht gegangen. Er war rührend besorgt um sie gewesen. Und nun arbeitete er die ganze Zeit. Doch sie konnte ihm nicht böse sein, er war nun einmal so. Ermittler mit Haut und Haar. Dieser Dorfsheriff, der ihn mit in die Sache hineingezogen hatte, der war im Grunde an allem schuld.

Als Wanderkorn und Flessner wieder in Norddeich eintrafen, stand Johann Meyer immer noch in seinem Imbisswagen und bediente die Kunden. Er wirkte ein wenig genervt, als er die Polizisten in der Menge entdeckte. Dann hatte sich die Schlange aufgelöst und Wanderkorn und Flessner hatten Gelegenheit, ihm die schlechte Nachricht zu überbringen.

„Herr Meyer“, sagte Flessner, „wir nehmen Sie vorläufig wegen des Verdachts des Mordes an Hannes Blank fest.“ Ach, was war er stolz, dass ihm Wanderkorn hier den Vortritt gelassen hatte. Seine Brust schwoll förmlich an.

„Was soll der Quatsch?“, stieß Meyer unwirsch aus und die Angestellte neben ihm duckte sich förmlich weg.

„Es ist sicher besser, wenn Sie kooperieren, so dass darum kein größeres Aufsehen entsteht“, sagte Flessner, „das dürfte doch auch in Ihrem Interesse als Geschäftsmann sein.“

Meyer erkannte, dass es die Männer wirklich ernst meinten. Das lag auch daran, dass Flessner nun mit Handschellen herumwedelte.

„Es wird sich alles aufklären“, sagte Meyer zu seiner Angestellten, „ruf bitte Mirko an, damit er für mich übernimmt bis zum Feierabend. Morgen bin ich ganz sicher wieder zurück.“

Dann kam er seitlich aus dem Imbisswagen, wo die Ermittler bereits auf ihn warteten.

„Das mit den Handschellen wird nicht nötig sein“, sagte er, „das ist alles ein großes Missverständnis, das werden Sie bald sehen.“

Flessner legte seine linke Hand um Meyers rechten Arm und dann gingen die drei Männer zum Streifenwagen, der etwas abseitsstand und stiegen ein.

Wanderkorn saß dann vorne neben dem Piloten im Flugzeug, während Flessner und Meyer sich die Rückbank teilten. Beim Rückflug sah Flessner sogar nach draußen und entdeckte die Schönheit der Erde aus einer ganz anderen Perspektive.

Das Abendessen

Wanderkorn entschuldigte sich immer wieder bei Nina, dass er so lange weg gewesen war. Nur in Stichworten mutete er ihr den Ablauf des Tages zu, weil er sich eher um ihre Gesundheit sorgte.

„Vielleicht hast du dich mit einer Sommergrippe angesteckt“, schlug er vor und holte noch eine weitere Decke vom Bett, um sie Nina umzulegen.

So langsam fing sie wirklich an zu schwitzen. Aber sie konnte ihm ja nicht sagen, dass es nur fingierte Halsschmerzen waren, die sie plagten.

„Ich weiß auch nicht“, sagte sie mit gebrochener Stimme, „es hat mich einfach so angeflogen heute Nachmittag.“

„Wo bist du denn gewesen?“

„Ach, ich bin nur ein bisschen über die Insel gegangen, habe ein wenig geshoppt und dann war ich noch am Meer und ich bin barfuß durchs Wasser gegangen. Vielleicht war das ein wenig zu lange, da war ich wohl unvorsichtig.“

„Zu kalte Füße also“, stellte er mit besorgtem Blick fest. „Wenn das wirklich alles ist, dann wird es dir sicher bald wieder besser gehen.“

„Ja, das denke ich auch. Aber Sören“, sie räusperte sich und verzog das Gesicht vor Schmerz, „so kann ich unmöglich morgen Nachmittag die Lesung machen in der Buchhandlung.“

Er hatte völlig vergessen, dass morgen schon wieder Mittwoch war. Die Zeit flog wirklich im Raffer dahin. Er hatte kaum noch etwas von seinem Urlaub, bezahlte aber eine Menge Geld dafür. Da hätte er genauso in Düsseldorf bleiben können. Irgendetwas war da ja immer los.

„Soll ich da anrufen?“, fragte er.

Sie nickte. „Das wäre wirklich ganz lieb von dir.“

„Ach was“, sagte er, „die Insel ist ja nicht groß, ich werde einfach dort vorbeigehen.“

Nina schrak auf.

„Was ist, Liebes?“

„Ach, der Rücken“, murmelte sie, „nein, das musst du wirklich nicht. Ein Anruf reicht völlig aus.“

„Das wäre doch albern“, meinte er, „nein, so eine schlechte Nachricht, die sollte man schon persönlich überbringen. Ich werde dir jetzt einen Zitronentee aus dem Restaurant holen und dann schläfst du erst mal ein bisschen. In der Zeit gehe ich mal rüber zur Buchhandlung."

Was sollte sie da noch machen. So ein Mist aber auch. Innerlich fluchte sie vor sich hin, als sie hörte, wie sich die Zimmertür hinter Sören schloss. Sie schmiss die beiden Decken von sich und ging erst mal zum Fenster, um eine wenig Abkühlung zu finden. Ich bin ein schlechter Mensch, dachte sie, ich lüge meinem Ehemann eiskalt ins Gesicht. Doch was hätte sie sonst machen sollen. Es wäre bestimmt ein peinliches Desaster geworden, wenn sie morgen zu der Lesung gegangen wäre, und Sören hätte sie begleitet. Jedenfalls hatte er es durchblicken lassen, dass er gerne dabei wäre. Doch jetzt, wie die Ermittlungen lagen, und sie eine Festnahme auf dem Festland erzielt hatten, da würde es doch morgen früh gleich mit dem Verhör weitergehen. Also würde Sören gar nicht mit zur Lesung gehen. Sie schluckte hart. Ihr Hals tat ihr weh. Das geschieht mir recht, dachte sie grimmig.

Sören kam zurück.

„Was machst du da?", fragte er erstaunt, „das ist doch viel zu gefährlich mit der Zugluft am Fenster."

Sie wandte sich zu ihm um. Für einen Moment war sie sogar bereit, ihm die ganze Wahrheit zu gestehen. Er wäre vielleicht sauer, aber er würde die Schuld auch bei sich suchen, weil er so viel arbeitete. Und es war ja auch gar nichts Schlimmes passiert. Doch dieser Moment verstrich, Sören zog sie vom Fenster weg und drückte sie wieder in den Sessel und legte die beiden Decken über sie.

„Hier ist der Zitronentee“, sagte er und zeigte auf den Beistelltisch, wo er diesen abgestellt hatte.

„Danke“, flüsterte sie, „du bist wirklich ein Schatz.“

„So, dann werde ich mich mal auf den Weg machen.“

„Sören.“

„Ja.“

„Ich habe es mir anders überlegt. Du solltest die Lesung doch noch nicht absagen. Ich möchte lieber bis morgen früh warten, wie es mir dann geht. Stell dir mal vor, morgen sind die Halsschmerzen weg, dann haben wir die Buchhandlung unnötig enttäuscht.“

„Hm“, machte er, „da ist natürlich was dran. Und vermutlich würden sie über Nacht sicher sowieso keinen Ersatz für dich finden. Na gut, dann machen wir das so. Du trinkst schön deinen Zitronentee und schläfst ein wenig. Ich werde nochmal eine Runde am Strand drehen. Und vielleicht geht es dir ja nachher so gut, dass wir gemeinsam zu Abend essen können.“

Sie lächelte ihn an und nahm artig ihr Teeglas in die Hand.

Sören war nicht dumm. Es war ihm schon immer leichtgefallen, eins und eins zusammenzuzählen. Nina war nicht der Typ, der kalte Füße bekam. Jedenfalls nicht, wenn sie im Meer herumspazierte. Und er hatte ein Elefantengedächtnis, wie man so schön sagte. Und als er im Bad gewesen war, um nach Halsschmerztabletten für Nina zu suchen, da hatte er sich praktisch an dem fast kochend heißen Föhn verbrannt. Da hatte er sich wieder an den Trick erinnert, von dem Nina ihm mal in einer launigen Stunde, als sie sich Streiche von früher erzählten, erinnerte. Danach lenkte er noch einen kurzen Blick in den Behälter für den Verpackungsmüll und schon hatte er Nina am Haken. Mindestens sechs Tüten Eiswürfelgefrierbeutel lagen dort im Sack.

Und jetzt ging er, wie er gesagt hatte, am Strand entlang und dachte über all das nach. Nina log ihn an. Das schmerzte ihn in erster Linie. Sie waren eigentlich beides Menschen, die Wert auf die Wahrheit legten. So weh es auch tun mochte, hatten sie sich einmal geschworen. Und wenn du, Sören, hatte Nina gesagt, wenn du eines Tages eine Frau triffst, die besser zu dir passt, als ich, dann musst es mir sagen. Bitte, hintergehe mich nicht. Er hatte es ihr leichten Herzens versprochen. Was sollte ihm Besseres passieren als Nina. Die Frau seines Lebens. Aber war er auch noch der richtige Mann für sie. So langsam kamen Zweifel in ihm hoch. Wenn sie so schamlos log, dann konnte eigentlich nur ein Mann dahinterstecken. Und zwar der Mann, der das Foto für die Werbung in der Buchhandlung geschossen hatte. Er machte es jetzt, wie sie es sich beide eins geschworen hatten. Er ging der Wahrheit nicht aus dem Weg. Alles war besser als diese Ungewissheit.

Also ging er Richtung Ortskern, um der Buchhandlung einen Besuch abzustatten.

Das Bild von Nina hing immer noch im Schaufenster. Sie sah darauf so glücklich aus. Sie hatte den Fotografen, denn davon ging Sören aus, dass es sich um einen Mann handelte, der den Auslöser gedrückt hatte, sie hatte ihn nicht angesehen, sondern verträumt zur Seite geschaut. Am liebsten hätte er jetzt dafür gesorgt, dass man das Plakat aus dem Fenster entfernte. Nina war seine Frau. Nicht andere Männer sollten sich an ihrem Anblick erfreuen dürfen. Doch er wusste, dass es sinnlos war, sich so etwas vorzustellen. Morgen und dann noch einmal am Mittwoch in der nächsten Woche. Dann endlich würde das leidige Plakat verschwinden. Da musste er jetzt durch.

Die Türglocke ertönte, als er in die Buchhandlung ging. Es waren verschiedene Touristen im Laden, die in Bücher reinlasen, stöberten, ihre Lesebrillen nach oben schoben und wieder auf die Nase zogen. Leser waren eine ganz besondere Spezies von Menschen, mit denen er, Sören, nicht sehr viel gemein hatte. Er blätterte höchstens mal in einer Autozeitschrift, aber auch nur, wenn er Zeit totschlagen musste.

Ich muss jetzt irgendwas machen, dachte Sören. Ich kann nicht einfach hier im Laden stehen und herumglotzen. Das würde auffallen. Also ging er auf das nächstbeste Buchregal zu und zog ein mittelschweres Exemplar heraus. Auch das noch, ein Buch über Fische. So ungefähr die letzten Tiere, die ihn interessierten. Höchstens, wenn sie gebraten auf seinem Teller lagen. Und Nina war eine hervorragende Köchin, wenn es um Fisch ging. Das Wasser lief ihm im Mund zusammen. Obwohl er sich den halben Tag mit einem Imbiss herumgeschlagen hatte, hatte er nach dem Frühstück noch nichts wieder gegessen.

„Sie interessieren sich für Fische?"

Sören sah zur Seite in die Richtung, aus der die Stimme gekommen war. Ein junger Mann lächelte ihn an. Braungebrannt mit kurzer heller Hose und einem weißen Shirt. Ob er es ist, dachte er.

„Na ja", sagte Sören, „es ist schon ein bisschen viel Information." Er schob das Buch wieder zurück.

„Also möchten Sie lieber die geballten Informationen über Seefische?"

Sören zog die Schultern hoch. Wenn das wirklich sein Nebenbuhler war, dann konnte er einpacken. Er, mit seinen hängenden Schultern, dem beginnenden Bauchansatz und den grauen Haaren an den Beinen. Neben dem jungen Mann wirkte er wie seine eigene Karikatur.

„Vielleicht sehe ich mich doch lieber nach etwas anderem um", sagte er, weil er den Blick, der auf ihm ruhte, nicht mehr ertragen konnte. „Eigentlich suche ich etwas für meine Enkelin." Tja, dachte er, so alt bin ich schon. Ich könnte ein Opa sein.

„Wie alt ist sie denn?"

„Ähm ...", er kratzte sich am Kopf. „Also, sechs ungefähr. Naja, jedenfalls bald."

„Oh, ich denke, da habe ich genau das Richtige für Sie", sagte der junge Mann mit gewinnendem Lächeln mit zwei strahlend weißen Zahnreihen. Sein dunkles Haar fiel ihm wie zufällig ins Gesicht, als er nickte. „Kommen Sie bitte mit."

Sören trottete hinter ihm her wie ein geprügelter Hund. Der junge Mann ging in federnden Schritten in seinen weißen Sandalen voraus und er blieb dann vor einem Büchertisch stehen. Auch darauf war das Bild von Nina aufgestellt worden.

„Hier", sagte er, „unsere neueste Entdeckung auf dem Kinderbuchmarkt. Nina Wanderkorn. Und das Beste ist, diese atemberaubende Schriftstellerin weilt zurzeit auf Juist und wird morgen eine Lesung halten.“ Er nahm ein Buch vom Tisch und blätterte es auf, bevor er es Sören reichte. „Diese Geschichte handelt von einem kleinen Mädchen, das sich unbedingt einen Hund wünscht, die Familie aber strikt dagegen ist. Das hört sich vielleicht üblich oder unspektakulär an, aber Nina Wanderkorn hat es geschafft, daraus eine mitreißende Geschichte zu entwickeln, die selbst mich zu Tränen gerührt hat.“

„Sie lesen Kinderbücher?“, fragte Sören. Er musste sich eingestehen, dass er noch nie von diesem Buch gehört, geschweige denn, es in den Händen gehalten hatte.

„Das ist mein Job“, lachte der junge Mann. „Wenn die Bücher hier im Laden verkauft werden sollen, dann muss ich Auskunft darüber geben können. Ihre Enkelin ist sechs, haben Sie gesagt. Nun, ich denke, dann ist das eine prima Gelegenheit, wenn der Großvater ihr etwas daraus vorliest.“

Sören stand da wie in Stein gegossen. Wunderte es ihn wirklich noch, dass Nina sich bereit für einen Neuanfang machte. Es war alles seine Schuld. Immer nur die Arbeit. Und wieder die Arbeit. Selbst hier.

„Ich nehme es“, sagte er und er reichte das Buch an den jungen Mann zurück. „Die Lesung ist morgen, sagen Sie?“

„Ja, um fünfzehn Uhr. Wenn Sie Zeit haben, kommen Sie gerne dazu. Es ist immer interessant, wenn man auch die Autorin eines Buches persönlich kennenlernt.“

„Das Foto dort“, Sören zeigte auf das Plakat, „das ist schon sehr vielversprechend.“ Dabei lächelte er.

„Ja, ist es“, gab der andere vieldeutig zurück, „ich habe das Bild übrigens selber gemacht für die Werbung. Frau Wanderkorn ist nicht nur sehr intelligent, sondern auch noch bildhübsch. Es lohnt sich also unbedingt, morgen dabei zu sein. Dann könnte Sie Ihnen dieses Buch hier auch direkt signieren.“

„Eine wunderbare Idee“, gab Sören zurück, „vielleicht kann ich es einrichten. Je nachdem, welche Pläne meine Frau so schmiedet. Das kennen Sie ja sicher.“ Er lächelte breit.

„Noch nicht“, gab der Buchhändler zurück, „ich habe die Richtige noch nicht gefunden.“ Dann ging er weiter Richtung Kasse.

Und das wirst du auch nicht, dachte Sören bitter. Er bezahlte bar, damit sein Name auf der Kreditkarte nicht aufflog. In einem kleinen Tütchen versenkt ging er dann mit dem Buch seiner Frau wieder ins Freie.

Draußen wusste er nicht mehr, wo ihm der Kopf stand. Er sah sich bereits in Düsseldorf seine Sachen packen. Ach was, Nina würde auf alles verzichten. Das meiste war sowieso nicht so ganz ihr Geschmack gewesen, als sie sich eingerichtet hatten. Viel zu dunkel, hatte sie immer gemeint. Dunkle Möbel könnten einen schon erdrücken. Doch er liebte es behaglich, wie er seinen Grufty-Stil verteidigt hatte. Und darin würde er dann als ewiger Junggeselle sitzen, bis ihn der Sensenmann holte. In dunklen Räumen ohne Licht mit vielen dunklen Möbeln, die immer weiter an ihn heranrückten, bis sie ihn schließlich erdrückten.

Nachdenklich ging er weiter zu einer weißen Bank, auf die er sich setzte. Wie sollte es jetzt weitergehen. Wie sollte er sich völlig normal gegenüber Nina verhalten, wenn er ins Hotel zurückkam. Das war gar nicht so einfach. Er fühlte sich wie ein hässlicher Wurm. Das musste er wieder loswerden. Und das Buch natürlich. Er konnte schlecht mit einem Buch von Nina zurückkehren. Sie hatte ihn ja gebeten, nicht in die Buchhandlung zu gehen. Als er sah, wie spät es schon geworden war, ließ er das Tütchen einfach auf der Bank zurück, nachdem er den Beleg entfernt hatte. Irgendjemand würde sich dieses herrenlosen Buches sicher annehmen.

Nina stand unter der Dusche, als er ins Appartement geschlichen kam. Er hörte das Wasser rauschen und er meinte, sie sogar etwas singen zu hören. Dann war es mit ihrem Hals wohl schon längst nicht mehr so schlimm wie vorhin. Der Föhn, die Eiswürfel. Wie konnte sie nur. Und das alles für diesen jungen Schnösel. Klar, er war ein Schönling. Aber wenn man ehrlich war, dann passte er doch gar nicht zu Nina. Er war mindestens zehn Jahre jünger als sie. Viele erfolgreiche Frauen suchten sich irgendwann junge Männer, hatte sie ihm einmal aus einer Frauenzeitschrift vorgelesen. Tja, und jetzt war sie wohl dran.

Er ließ sich auf das kleine Sofa an der Wand sinken und faltete die Hände im Schoß. Ich muss mich gleich ganz normal benehmen, beschwor er sich im stillen Singsang. Sie darf mir nichts anmerken. Sie darf nicht wissen, dass ich weiß, dass sie lügt. Doch in so etwas hatte er einfach keine Übung. Sich zu verstellen. Bisher war das auch gar nicht nötig gewesen. Er konnte immer der geradlinige Sören sein, der er nun einmal war. Er hatte keine Geheimnisse. Nina las in ihm wie in einem offenen Buch. Bisher hatte ihm das gefallen. Sie kannten einander. Das gab einem doch auch ein wenig Sicherheit. Und offenbar Langeweile.

Die Badezimmertür ging auf. Nina, ganz in weiß mit Hose und Bluse gekleidet, kam heraus und sah aus wie ein Engel. Ihre dunklen Locken hatte sie offenbar mit einem Handtuch abgerubbelt und dann mit den Fingern wieder entwirrt. So machte sie das immer und sie sah immer perfekt aus.

„Oh, du bist schon zurück“, sagte sie und blieb kurz stehen. So, als fühlte sie sich ertappt.

„Ja, es war genug frische Luft“, sagte er matt. Er wollte ihr das Gefühl vermitteln, ein wenig müde zu sein. Meistens fragte sie dann nicht weiter nach. „Deine Stimme klingt aber schon wieder ganz gut.“

„Ja“, bestätigt sie, „das war wohl der Zitronentee. Es geht mir schon viel besser. Hast du denn keinen Hunger? Ich dachte, wir essen gleich zusammen im Restaurant. Ich habe uns schon einen extra schönen Tisch bestellt.“

Extra schöner Tisch, dachte er. Was sollte das nun wieder bedeuten.

„Doch“, murmelte er, „Hunger hätte ich schon. Nach dem Frühstück habe ich nichts wieder gegessen gehabt.“

„Du Armer.“ Schnell war sie bei ihm und zog ihn vom Sofa hoch. „Los, altes Faultier, du gehst jetzt ins Bad und machst dich ein wenig frisch. Dann sieht die Welt schon wieder besser aus.“

Ihre Blicke trafen sich. Seiner müde, ihrer prüfend. Da lag etwas in der Luft, das spürten beide. Er löste sich von ihr und schlich ins Badezimmer. Er gönnte sich noch eine kurze Dusche und danach kehrte wieder mehr Selbstvertrauen in ihn zurück.

Als sie ins Restaurant kamen, führte der Kellner sie wie gewohnt an ihren angestammten Platz. Von hier aus hatten sie einen herrlichen Blick Richtung Meer. Doch etwas war anders, das sah er sofort. Auf dem Tisch standen zwei goldene Kerzenleuchter und auf dem weißen Tuch waren Rosenblätter verteilt.

Sie setzten sich und der Kellner entfernte sich, nachdem er Champagner in die Gläser gefüllt hatte.

„Was ist das?“, fragte Sören.

„Weißt du es wirklich nicht mehr?“, fragte sie gespielt enttäuscht.

„Haben wir heute Hochzeitstag?“ In seinem Kopf ratterte es. War es nicht bitterkalt gewesen, als sie geheiratet hatten in der Schweiz. Das konnte es also nicht sein. Feierte sie etwa so ihren Abschied von ihm. Er rief sich zur Ordnung. Am liebsten hätte er sein Handy herausgeholt. Vieles, dass er auf keinen Fall vergessen wollte, trug er sich mittlerweile dort ein. Doch das hätte sie missverstehen können.

„Nein, kein Hochzeitstag“, sagte sie milde klingend, „heute vor zwanzig Jahren haben wir uns kennengelernt. Ich dachte, das wäre doch ein schöner Anlass zum Feiern."

Schweißperlen rannen über seinen Rücken. Welcher Mann erinnerte sich schon an so einen Tag. Da war er in guter Runde und bestimmt war sie ihm nicht böse deshalb.

„Jetzt erinnere ich mich", sagte er und sah sie offen an, „es war am Bahnhof in Düsseldorf, du hattest deinen Koffer verloren."

„Er war mir gestohlen worden", korrigierte sie.

„Stimmt. Und du warst ziemlich außer dir. Jetzt weiß ich es wieder. Deine roten Wangen, deine schönen langen Haare, die wild hin und her wehten, als du den Dieb verfolgen wolltest. In dem Moment, da war es eigentlich schon um mich geschehen gewesen."

„Lügner", tadelte sie und lächelte. „Ich gebe zu, bei mir hat es dann doch noch ein wenig gedauert, bis der Funke übergesprungen ist. Du wolltest mir helfen, den Dieb zu fassen und hast mich mit zum Revier genommen. Das fand ich total rührend. Ich meine, es war nur ein blöder Koffer."

„Aber dir war er wichtig."

„Und das hast du gespürt."

Sie sahen sich tief in die Augen.

„Nina, ich liebe dich noch genauso wie an dem Tag. Oder nein, eigentlich noch viel mehr."

„Ich liebe dich auch, Sören“, entgegnete sie.

Sie stießen mit dem Champagner an.

In diesem Moment war Sören der glücklichste Mann der Welt. Keine Frau, auch nicht Nina, würde ihm so ein Theater vorspielen, wenn sie ihn für einen anderen verlassen wollte. Und mit ihrer Komödie mit den Halsschmerzen, da hatte sie nur versucht, dieser Lesung und damit der Begegnung mit dem Buchhändler auszuweichen. Ja, genauso musste es gewesen sein. Und deshalb liebte er sie nun noch viel mehr, weil sie alles versucht hatte, um ihre Ehe zu retten.

Das Menü begann mit einem Gruß aus der Küche. Nina hatte alles mit dem Chefkoch abgesprochen und Sören konnte sich einfach zurücklehnen und genießen.

Beste Weine, hervorragende Gänge und zum Schluss ein Dessert, das schon ein wenig aphrodisierend wirkte.

Als sie später gemeinsam im Bett lagen, da hielten sie sich im Arm. Sie schwiegen einfach. Der große helle Mond lugte durchs Fenster und sah ihnen dabei zu. Jeder war wohl nur glücklich, dass alles nochmal gut gegangen war.

Das Verhör

Die Stimmung am nächsten Morgen beim Frühstück war angenehm entspannt. Nina erzählte von ihrer Lesung am Nachmittag, für die sie gleich noch einmal das Lesen üben wollte. Sören versprach, sich mit dem Verhör vom Imbissbesitzer zu beeilen, damit er noch dazu stoßen konnte. Sie fand das nett, doch sie wusste auch, dass er es nicht schaffen würde. Der Mordfall des Kutschers stand vor dem Abschluss. Und kein Verdächtiger gab einfach zu, dass er es getan hatte. Da mussten Sören und dieser Dorfsheriff sicher ganz dicke Bretter bohren. Aber das war für sie okay. Heute und dann in der nächsten Woche noch einmal würde sie den Buchhändler treffen. Und wenn sie jetzt an ihn dachte, dann nicht mehr mit dem leichten Prickeln in der Magengegend. Das Thema war nun endgültig für sie abgeschlossen. In ihrem Leben gab es nur einen Mann und das war Sören.

„Ich mache mich dann mal auf den Weg“, sagte er gegen zehn Uhr und gab ihr noch einen Kuss auf den Mund.

„Bis später“, erwiderte sie, „ich werde noch einen Kaffee trinken und dann gehe ich nach oben ins Appartement.“

„Ich wünsche dir auf jeden Fall viel Erfolg bei der Lesung, den hast du dir wirklich verdient.“

„Und du bringe bitte den Mörder hinter Gitter, damit wir den Rest vom Urlaub noch gemeinsam genießen können.“

„Versprochen“, sagte er. Dann ging er davon.

Nina sah ihm nach. Es war sonderbar, wie man einen Menschen sah, wenn man ihn so lange kannte. Zwanzig Jahre waren es jetzt schon. Die wischte man nicht einfach weg, nur weil einem ein jüngerer Mann schöne Augen machte. Das war nur ein Urlaubsflirt, der mit den Wellen wieder davongetragen wurde. Aber mit Sören verband sie ein halbes Leben.

„Pünktlich wie immer“, sagte Flessner, als Wanderkorn ins Büro kam. „Meyer sitzt schon im Verhörraum und wartet. Hin und wieder hört man ihn fluchen.“

„Kein Wunder. Am Ende des Tages wird er einsehen müssen, dass er für viele Jahre hinter Gittern verbringen wird.“

„Hoffen wir es mal“, seufzte Flessner. „Denkst du wirklich, dass der Beweis mit der Anstecknadel ausreichend ist, um ihn zu überführen.“

„Zum einen das“, sagte Wanderkorn, „und dann wäre da noch sein Boot, mit dem er gefahrlos und unerkannt auf die Insel hätte kommen können, den Mord begehen und wieder verschwinden.“

„Das stimmt schon“, gab Flessner zu. „Aber was machen wir, wenn er alles abstreitet?“

„Dann bearbeiten wir ihn so lange, bis er es zugibt“, sagte Wanderkorn. „Also, wollen wir.“

„Dein Wort in Gottes Ohr“, meinte Flessner und er trank den Rest von seinem Tee auf, bevor er sich erhob.

Die Männer gingen mit Beweisfotos und kleineren Ordnern rüber zum Verhörraum.

„Moin“, sagte Flessner, als sie hereinkamen. Wanderkorn nickte Meyer kurz zu. Sie setzten sich und Wanderkorn breitete die Fotos vom Opfer in der Pferdebox großzügig vor sich auf dem Tisch aus.

„Eigentlich müssten wir Ihnen die ja gar nicht zeigen“, sagte Wanderkorn, „denn Sie wissen ja, wie es dort ausgesehen hat, nachdem Sie Hannes Blank erschlagen hatten. Womit haben Sie das eigentlich gemacht? Bisher haben wir keine Tatwaffe gefunden.“

Meyer grinste breit. „Was mache ich dann eigentlich hier, wenn Sie überhaupt keine Beweise haben?“

„Nun, so gar keine Beweise ist nicht richtig“, korrigierte Wanderkorn. „Da wäre zum einen die Anstecknadel aus Ihrem Imbiss“, er hielt das Tütchen mit dem Beweisstück in die Höhe. „Sicher haben Sie diese im Eifer des Gefechts verloren und es nicht gemerkt, als Sie die Insel schnell wieder verlassen haben."

„Ach, denken Sie", knurrte Meyer, „aber beweisen können Sie es nicht. Und überhaupt, wer sind Sie eigentlich?"

„Ich bin ein Urlauber", sagte Wanderkorn trocken.

Meyer lachte bellend auf. „Klar, so habe ich mir das immer vorgestellt. Dass mich irgend so ein dahergelaufener Tourist in einer Mordsache befragt. Herr Flessner, was ist eigentlich mit Ihnen, wieso lassen Sie sich die Zügel derart aus der Hand nehmen?"

Es war sowohl Flessner als auch Wanderkorn klar, was der Verdächtige da gerade versuchte. Er wollte die beiden gegeneinander aufbringen. Doch da gab es nicht die geringste Chance.

„Herr Wanderkorn ist zwar Urlauber", sagte Flessner in typisch ostfriesischer Gelassenheit, „aber er ist auch ein hervorragender Ermittler, der bereit war, mir in diesem kniffligen Fall zur Seite zu stehen. Und er war es auch, der die Anstecknadel im Stroh gefunden hat. Diese Lorbeeren gehören eindeutig ihm. Sonst säßen wir hier nämlich gar nicht."

Wanderkorn fand es wirklich rührend, wie Flessner ihn verteidigte. Das hätte er nicht machen müssen. Aber offenbar hatte die gemeinsame Zeit der Ermittlung sie beide tatsächlich zusammengeschweißt. Als Kollegen und auch als Freunde. Das gefiel ihm. In der Großstadt gab es derlei Verbindungen selten. Jeder machte sein Ding, ständig sah man neue Gesichter.

„Also, Herr Meyer", sagte Wanderkorn, „Sie sehen sich hier zwei gestandenen Ermittlern gegenüber, die bereit sind, die Wahrheit aus Ihnen herauszubekommen." Sein Gehirn hatte prügeln formuliert gehabt. Doch ausgesprochen hatte er es nicht.

„Ich habe Ihnen die Wahrheit bereits mehrfach gesagt", schimpfte Meyer, „ich habe Hannes nicht ermordet. Er war seinerzeit ein sehr guter Mitarbeiter von mir. Ich habe ihn sehr geschätzt. Nach seinem Weggang nach Juist habe ich ihn nicht wiedergesehen. Also konnte ich wohl davon ausgehen, dass er seinen Wechsel auf die Insel niemals bereut hat. So, war es das jetzt. Kann ich endlich gehen?"

„Was meinst du, Wanderkorn?", wandte sich Flessner an seinen Kollegen.

Wanderkorn schüttelte mit dem Kopf.

„Hm", machte Flessner, „da kann man wohl nichts machen, Herr Meyer."

„Sie beide hätten Komiker werden sollen", stieß Meyer wütend aus.

„Wer sagt, dass wir das nicht sind", lachte Flessner. Ja, das fand er wirklich irre komisch. Als keiner mitlachte riss er sich schnell wieder zusammen.

„Herr Meyer", fuhr Wanderkorn mit der Befragung fort, „wir wissen, dass Sie von der Beziehung von Hannes Blank und Ihrer Mitarbeiterin Hannelore Janssen gewusst haben." Er war gespannt auf die Reaktion. Diese fiel entsprechend aus wegen des Überraschungseffekts.

Meyer entwich sämtliche Gesichtsfarbe und er schien fast kalkweiß zu werden. Wie seine eisgekühlten Pommes, dachte Flessner, als er die Veränderung bemerkte. Doch das behielt er lieber für sich.

„Was für ein Verhältnis?", fragte Meyer vorsichtig.

„Ach, kommen Sie, Herr Meyer. Sie sind doch nicht blind. Hannelore Janssen ist eine überaus attraktive Frau, das dürfte Ihnen wohl kaum entgangen sein. Ebenso wenig wie Hannes Blank."

„Ich verstehe nicht, worauf Sie da hinauswollen, Herr Kommissar." Plötzlich war Meyer in die Ecke gedrängt. Kein Anflug mehr von Wut in seiner Stimme. Er war vorsichtig und auf der Hut.

„Das ist doch ganz einfach. Als Frau Janssen und Herr Blank seinerzeit gemeinsam in Ihrem Imbissbetrieb gearbeitet haben, da hat sich zwischen den beiden eine Liebschaft entwickelt. Und Sie wussten davon.“ Sein Blick heftete sich nun auf Meyer, um dessen Reaktion abzuwarten.

„Ich wusste von gar nichts“, sagte Meyer gleichgültig. „Und letztlich, wenn die Arbeit nicht darunter leidet, dann sollen meine Angestellten doch miteinander machen, was sie wollen. Mir ist das egal.“

„Tja“, machte Wanderkorn und er erhob zur Unterstützung seinen rechten Zeigefinger, „und das glaube ich eben gerade nicht, dass Ihnen das völlig egal gewesen ist. Denn Sie selber, Herr Meyer, Sie haben ein Auge auf Frau Janssen geworfen gehabt. Doch sie hat Sie dezent aber doch eindeutig zurückgewiesen. Erinnern Sie sich wirklich nicht mehr daran? Das Ganze spielte sich auf einem Mitarbeiterfest ab, als man Frau Janssens zehnjähriges Jubiläum gefeiert hat.“

Meyer zog die Stirn in Falten. „Ach das“, sagte er und machte eine wegwischende Handbewegung. „Wir waren doch alle betrunken. Da habe ich mich als Chef hinreißen lassen, das gebe ich zu. Hannelore ist ja auch wirklich nicht gerade hässlich. Aber am nächsten Tag, als wir alle wieder nüchtern bei der Arbeit waren, da war die Sache zwischen uns geklärt. Ich meine, zwischen Frau Janssen und mir. Ich habe mich sogar entschuldigt.“

„Okay“, sagte Wanderkorn, „nehmen wir das mal so hin. Sie haben sich also zurückgehalten. Aber trotzdem müssen Ihre Gefühle für Frau Janssen doch noch lebendig gewesen sein, oder?“

„Pah, was heißt hier Gefühle. Ich war einfach spitz auf sie.“

Flessner hielt sich die Hand vor den Mund, um nicht loszuprusten.

„So kann man es sicher auch formulieren“, sagte Wanderkorn. „Und auch so etwas verschwindet nicht von heute auf morgen, nur, weil man sich entschuldigt hat.“

„Herr Kommissar, was genau wollen Sie mir hier eigentlich vorwerfen? Dass mir eine Frau gefallen hat, weil sie anziehend ist. Das ist glaube ich noch kein Verbrechen in unserem Land.“

„Da haben Sie recht“, gestand Wanderkorn ein, um ihm für einen Moment das Gefühl der Sicherheit zu vermitteln, bevor er zum nächsten Schlag ausholte. „Aber es bewegt sich am Rande der Legalität, wenn man einer Frau, die nichts von einem will, nachstellt. Wenn man sie stalkt, wie man es heutzutage nennt. Denn auch, nachdem Ihnen Frau Janssen unmissverständlich erklärte, dass sie nichts persönlicheres von Ihnen wollte, da waren Sie noch lange nicht fertig mit ihr. Nur der Umstand, dass Sie irgendwann erkannt haben, dass sie ein Verhältnis mit Hannes Blank begonnen hatte, hat

Ihre Flamme dann für einige Zeit auf Sparflamme kochen lassen."

Meyer sah ihn an, als hätte er eine Fremdsprache verwandt. Er war es nicht gewohnt, dass jemand so gestelzt mit ihm redete.

„Sie verstehen mich schon", fuhr Wanderkorn fort, „als nämlich Hannes seinen Job im Imbiss kündigte, da sahen Sie Ihre Chance bei Frau Janssen erneut gekommen."

„Moment", fuhr Meyer dazwischen, „ich habe Hannelore nie wieder belästigt, da können Sie sie fragen."

„Das wird nicht nötig sein, denn ja, Sie haben recht. Direkt belästigt haben Sie sie nicht. Aber Sie haben angefangen, sie zu verfolgen. Oder eben zu stalken. Sie haben zum Beispiel stundenlang in Ihrem Wagen vor dem Haus von Frau Janssen gestanden, um zu beobachten, was sie so tut. Und bevor Sie protestieren, Herr Meyer, dafür gibt es Zeugen aus der Nachbarschaft in Esens. Sie sind eben ein bekannter Mann mit Ihren Imbisswagen und nicht irgendjemand, der in einem Wagen sitzt. Und irgendwann, Herr Meyer, da haben Sie dann gesehen, wie Hannes Blank in die Wohnung von Frau Janssen gegangen ist. Da muss das Blut in Ihren Adern regelrecht gekocht haben, wo Sie doch glaubten, mit seinem Weggang vom Festland sei auch die

Beziehung zu Frau Janssen vorbei gewesen. Doch dem war nicht so. Die beiden haben sich nach wie vor getroffen, weil sie sich wirklich liebten."

„Also, das müssen Sie mir erst mal beweisen, dass ich das gewusst habe." Meyer rang nach Luft. „Ich meine, dass ich wusste, dass Hannelore und Hannes noch ein Paar waren. Schließlich habe ich nicht vor Hannelores Haus campiert."

„Sie geben es also zu, dass Sie hin und wieder vor dem Haus von Frau Janssen herumgelungert sind?"

„Mein Gott, ja. Ich bin ein alleinstehender Mann, auch wenn man das gar nicht glauben mag, wo ich doch so erfolgreich bin. Doch mit den Frauen ist das so eine Sache. Da muss schon alles passen."

„Und Sie denken, mit Frau Janssen und Ihnen, da wäre so ein Fall eingetreten, dass alles passt?"

„Das weiß ich nicht", gab Meyer zu, „doch wie sagt man so schön, die Hoffnung stirbt zuletzt."

Soweit haben wir ihn schon mal, dachte Wanderkorn zufrieden. Dass er ein Stalker war, das gab er schon mal zu. Da war der Schritt zum Mörder dann wohl auch nicht mehr allzu weit.

„Was haben Sie empfunden, als Sie Hannes Blank gesehen haben?", fragte Wanderkorn, „bestimmt konnten Sie oben ins Fenster sehen und beobachten, wie die beiden sich in den Armen lagen und küssten. Dass muss Sie doch schwer getroffen haben. Oder waren Sie eher wütend? Wollten Sie es diesem verdammten Schweinehund heimzahlen, der einfach nicht die Finger von der Frau, die Sie für sich haben wollten, lassen konnte. Sind Sie ihm deshalb eines Tages nach Juist gefolgt. Heimlich und im Halbdunkel in Ihrem kleinen Boot, vielleicht eine Stunde oder etwas mehr an Überfahrt. Und in der Zeit, da haben Sie sich einen Plan ausgedacht, wie Sie es doch wieder schaffen könnten, Hannelore Janssen wieder ganz für sich alleine zu haben. Und sei es auch nur von der Straße aus Ihrem Wagen heraus. Aber Hannes Blank, der musste verschwinden. Sie gingen an Land und machten Ihr Boot fest. Es war ganz einfach. Niemand hatte Sie beobachtet oder überhaupt Notiz von Ihnen genommen. Warum auch. Es ist Sommer. Es sind so viele Menschen auf der Insel unterwegs. Wer achtet da schon auf einen Mann mit hochgeschlagenem Jackenkragen, der am Hafen entlanggeht. Sie wussten ja, wo Hannes arbeitet, also gingen Sie einfach zum Pferdestall und warteten da auf ihn. Irgendwann musste er ja Feierabend haben. Oder aber, was natürlich auch möglich wäre, dass Sie nicht das erste Mal auf der Insel waren. Bei Ihrer Freude am heimlichen Beobachten könnte ich mir auch durchaus vorstellen, dass Sie schon vorher auf der Insel waren. Heimlich vom Versteck aus haben Sie Hannes beobachtet. So konnten Sie sich irgendwann seine Gewohnheiten zusammenreimen, nämlich, dass er mehr Zeit mit den Pferden verbrachte, als mit seinen Kollegen. Das machte Ihnen die Sache für den tödlichen Angriff dann noch viel leichter.“

Wanderkorn spürte, wie die beiden Männer an seinen Lippen hingen. Sie wagten kaum noch, zu atmen.

„Und dann war es soweit. Sie wollten nicht mehr warten“, fuhr Wanderkorn fort, „Hanns Blank musste weg. Aus dem Weg geräumt werden. Er musste einfach sterben. Irgendwann würde Hannelore Janssen schon einsehen, wer der richtige Mann für sie war. Sie schlichen sich also erneut in den Stall. Sie trugen einen schweren Gegenstand mit sich, um sich im Zweifelsfall verteidigen zu können, falls Hannes Sie bemerkte und es zu einem Gerangel kommen würde. Doch Sie hatten Glück. Hannes nahm Sie nicht wahr, als sie plötzlich an seiner Box standen. Vermutlich war er gerade mit seinem Pferd beschäftigt, um es zu striegeln. Oder was auch immer man mit Pferden so macht, wenn man sie mag. Er wandte Ihnen den Rücken zu. Sie sahen seinen Schädel. Sie spürten den schweren Gegenstand in Ihrer Hand. Jetzt oder nie, rief eine innere Stimme Ihnen zu. Schlag zu. Schlag zu. Schlag zu. Und Peng“, Wanderkorn knallte mit dem Ordner auf den Tisch und die Männer schraken kurz zurück, „und schon war es erledigt. Sie waren vielleicht selbst über Ihren plötzlichen Mut erstaunt. Sie waren über sich selbst hinausgewachsen. Sie hatten eine Sache endlich vernünftig zu Ende gebracht. All die Stunden, die Sie mit Beobachten und Hadern wegen einer Frau verbracht hatten, sie zahlten sich plötzlich aus. Das Blut von Hannes Blank verteilte sich im Stroh. Das Pferd scheute und fing an zu wiehern. Sie wussten, dass Sie jetzt weg mussten. Schleunigst zurück zu Ihrem Boot und dann zurück aufs Festland. Wieder nahm niemand diesen Mann wahr, der es plötzlich ziemlich eilig hatte, von der Insel wegzukommen. Nur eine Sache haben Sie nicht bedacht. Dieses winzige Detail.“ Wieder hielt Wanderkorn den Beutel mit der Anstecknadel in die Höhe.

Meyer, der bis dahin wie ein Toter dagesessen und zugehört hatte, fing sich wieder.

„Wie wollen Sie denn beweisen, dass es meine Anstecknadel ist?“, fragte er stoisch klingend.

„Sie haben recht“, gab Wanderkorn zu, „das kann ich nicht.“

„Tja, dann kann ich jetzt wohl gehen.“

„Leider nicht“, meinte Wanderkorn gelassen. „Denn Sie haben mir nicht bis zum Ende zugehört. Ich denke nämlich, dass Sie diese Anstecknadel in diesem Beutel ganz bewusst in das Stroh geworfen haben.“

„Hä?“, machte Meyer, „warum hätte ich das denn machen sollen?“

„Weil Sie gerissen sind, Herr Meyer. Gerissen und nachtragend. Hannelore Janssen hatte Sie nicht verdient, das haben selbst Sie nach so vielen Jahren des Wartens irgendwann eingesehen. Erst recht, als Sie Hannes Blank das erste Mal bei ihr gesehen haben. Und da schmiedeten Sie einen Racheplan. Und der lief nicht darauf hinaus, dass Sie Hannelore Janssen ganz für sich gewinnen wollten. Im Gegenteil, sie sollte leiden, so, wie Sie die ganze Zeit gelitten haben. Wenn Sie nämlich Hannes Blank umbrachten und es so aussehen ließen, als ob es Hannelore Janssen gewesen wäre, die ihn ermordet hatte, dann wären Sie die beiden Menschen, die Sie so lange an der Nase herumgeführt hatten, auf einen Schlag losgewesen. Wirklich, ein sehr guter Plan, aber auch gefährlich.“

„Sie können mir gar nichts beweisen“, krächzte Meyer mit trockener Kehle, „ich habe Hannes nicht umgebracht. Verdammt, warum glaubt mir denn keiner.“

Wanderkorn sah auf sein Handy, das er zu Beginn des Verhörs auf den Tisch vor sich gelegt hatte. So langsam konnten die Kollegen aber wirklich mal anrufen. Noch länger konnte er dieses Verhör kaum noch in die Länge ziehen. Eine Unterbrechung wäre möglich, aber dann war der ganze Schwung aus der Sache raus. Meyer würde sich wieder irgendwas zusammenreimen und beim nächsten Versuch fingen sie wieder ganz von vorne an. Dann endlich blinkte sein Handy auf.

„Da muss ich rangehen“, sagte Wanderkorn und er erhob sich vom Platz. „Ich bin gleich zurück.“ Er ging auf den Flur.

„Glauben Sie den Scheiß etwa, den er da gerade verzapft hat?“, fragte Meyer an Flessner gewandt, als er mit ihm alleine war.

Doch Flessner war nicht dumm. Und Wanderkorn hatte ihn instruiert, was er zu tun hatte, wenn das Handy klingelte. Also sah er den Verdächtigen nur mit teilnahmslosem Blick an und seine Lippen blieben versiegelt. Wanderkorn kam zurück in den Raum. Er setzte sich wieder an seinen Platz. Gespannt sahen die anderen Männer ihn an.

„Es war nicht leicht“, sagte Wanderkorn in die Stille hinein, „aber es ist den Kollegen gelungen, die Tatwaffe zu finden.“

„So ein Quatsch“, stieß Meyer aus, „wie wollen Sie denn bitteschön einen Ringschlüssel auf dem Meeresgrund finden.“

Wanderkorn und Flessner sahen sich zufrieden an.

„Moment“, stotterte Meyer, der erkannte, dass er einen riesigen Fehler gemacht hatte. „Ich nehme alles zurück, was ich eben gesagt habe.“

„Dafür ist es wohl zu spät“, sagte Wanderkorn, „aber jedenfalls wissen die Taucher jetzt, wonach sie suchen müssen. Ach, und grämen Sie sich nicht zu sehr, dass Sie sich eben selbst verraten haben. Die Spurensuche hat Blut auf Ihrem Boot gefunden, das von Hannes Blank stammt. Insofern war es für uns sowieso klar, wo wir die Waffe suchen müssen. Bitte, Flessner.“

Flessner räusperte sich und sagte: „Herr Meyer, ich nehme Sie hiermit wegen des Mordes an Hannes Blank fest. Weiterhin wird Ihnen der Vertuschungsversuch des Mordes zu Lasten von Frau Hannelore Janssen vorgeworfen. Ob Frau Janssen eine Anzeige wegen Stalkings gegen Sie erwirkt, muss sich noch zeigen.“

Die Ermittler verließen den Verhörraum. Johann Meyer wurde zurück in seine Zelle gebracht.

Wanderkorn und Flessner saßen noch eine Weile im Büro zusammen und ließen das Verhör Revue passieren.

„Das war echt erste Sahne“, lobte Flessner immer wieder, „da bin ich ehrlich, sowas kann ich nicht.“

„Ach komm“, meinte Wanderkorn, „du hättest das auch ohne mich geschafft.“

Und so ging es eine Weile hin und her. Sie tranken Tee zusammen, Flessner bot sich an, den Bericht für diesen Tag zu schreiben. Und auch das Band mit der Aufnahme des Verhörs abzutippen, oblag ihm, da es dafür nicht extra einen Angestellten auf einer kleinen Insel gab.

Als Wanderkorn gegangen war, hatte er es etwas eilig. Die Zeit war schon in die Nachmittagsstunde vorgerückt und Nina war schon in der Buchhandlung. Auch Wanderkorn ging dorthin. Allerdings blieb er draußen stehen und lugte durchs Fenster hinein. Nina war umringt von Kindern, die mit großen Augen an ihren Lippen hingen. Und auch einige Erwachsene hatte sich auf Stühle gesetzt und hörten gespannt zu. In diesem Moment war Wanderkorn so stolz auf seine Frau, dass er sich kaum noch zurückhalten konnte, und ihm wären die Tränen gekommen. Dann sah er den jungen Mann, der ihn auch schon bedient hatte. Als Nina eine Pause machte, übernahm er den Verkauf der Bücher, die Nina anschließend signierte.

Wanderkorn beobachtete jede Bewegung des Buchhändlers und vor allem, wie er Nina ansah. Da war noch etwas in seinem Blick. Und bei Nina. Wanderkorn presste seine Nase an die Scheibe. Und was er sah, gefiel ihm. Seine Frau blieb auf Distanz zum Buchhändler, sie lächelte zwar, aber eher professionell, wenn er ihr ein Buch reichte, das sie signieren durfte für einen Kunden.

Ich führe mich auf wie Meyer, dachte Wanderkorn plötzlich. Er zog seine Nase vom Glas und wischte seine Spuren fort. So war es für ihn, als sei er niemals hier gewesen.

„Die Buchhandlung war bis auf den letzten Platz besetzt", erzählte ihm Nina später beim Essen. „Und für nächsten Mittwoch ist auch schon alles ausverkauft."

„Dann war es wohl ein voller Erfolg", stellte Sören fest und er hielt ihr sein Glas Champagner zum Anstoßen hin, „es tut mir leid, dass ich es nicht geschafft habe."

„Aber du hast den Mörder enttarnt", hielt sie dagegen, „das ist bestimmt wichtiger als einer Kinderbuchautorin zu lauschen."

„Da irrst du dich", entgegnete er. Für mich gibt es ab heute nichts Wichtigeres im Leben, fügte er in Gedanken hinzu.

„Du bist lieb", sagte sie.

„Und du bist wunderbar."

„So, jetzt aber Schluss mit der Gefühlsduselei", sagte sie, „sonst muss ich noch heulen."

Ja, dachte er, vielleicht sollte man das viel öfter zusammen tun. Weinen und zu seinen Gefühlen stehen. Dann lief man auch nicht Gefahr, sich auseinanderzuleben und tiefe Gefühle bei anderen zu suchen.

„Auf dich“, sagte er und erhob erneut sein Glas. Dabei bahnte sich eine kleine heimliche Träne ihren Weg über seine Wange, die er schnell mit dem Zeigefinger wegwischte.

Restarbeiten

Wanderkorn wollte Flessner noch ein letztes Mal in der Dienststelle besuchen, um den Fall gemeinsam mit ihm abzuschließen. So war jedenfalls sein Plan, als er mit Nina beim Frühstück im Hotel saß. Dass es ganz anders kommen würde, das ahnte er da noch nicht.

Nina blieb noch eine Weile im Restaurant sitzen, als er sich dann auf den Weg machte.

Flessner hatte noch alles am gestrigen Abend fertiggetippt. Und nun saß er vor einer Kanne Ostfriesentee, als Wanderkorn ins Büro kam.

„Auch Tee?“, fragte er.

„Nein, danke“, entgegnete Wanderkorn, „ich habe gerade im Hotel gefrühstückt. Du warst also noch recht fleißig, wie ich sehe.“ Er deutete auf den Schreibtisch.

„Was weg ist ist weg“, entgegnete Flessner. „Und gestern hatte ich noch alles im Kopf, was so gesagt wurde.“

„Du hast dir den Mitschnitt des Verhörs nicht angehört?“

„Doch, ein bisschen schon ...“, murmelte Flessner. Dann trank er wieder einen Schluck Tee.

„Tja, dann ist jetzt wohl alles erledigt“, meinte Wanderkorn, der davon ausging, dass er hier nun nicht mehr gebraucht wurde. Endlich. Die restlichen Tage auf der Insel wollte er schon gerne mit Nina verbringen. Am Strand spazieren gehen, im Strandkorb liegen und dösen. Er hoffte, dass er zu so einem Müßiggang in der Lage war, weil er Nina eine Freude machen wollte. Und vielleicht besuchten sie ja auch noch eine der anderen Inseln, wie sie es einmal schon vorgehabt hatten.

„So könnte man es sagen“, erwiderte Flessner, „Meyer wird heute Nachmittag aufs Festland überführt. Man wird ihm den Prozess machen und er wird lange keine Sonne mehr sehen.“

„Und das alles nur wegen einer Frau“, murmelte Wanderkorn.

„Willst du es ihr sagen?“

„Wem?“

„Na, Hannelore Janssen. Dass es ihr Chef war, der Hannes ermordet hat. Und dass sie nun vermutlich arbeitslos wird.“

„Nein, das kannst du gerne übernehmen“, winkte Wanderkorn ab. „Ich habe meiner Frau versprochen, von nun an mehr Zeit mit ihr zu verbringen. Wir sind nur noch eine gute Woche hier.“

„Meine Güte, wie die Zeit vergeht“, seufzte Flessner.

„Das kann man wohl sagen. Also, wenn dann alles so weit geklärt ist, dann gehe ich jetzt mal zurück zum Hotel.“ Er war schon bereit, sich zu erheben, als Flessner ihn noch mal zurückwinkte.

„Eine Sache wäre da noch“, meinte Flessner.

„Was denn?“ Wanderkorn setzte sich wieder hin.

„Also, die Sache mit unserer Ermittlung ist doch wirklich gut gelaufen, oder was denkst du?“

„Klar“, gab Wanderkorn zu, „es hat schon Spaß gemacht, Ostfriesland mal ein bisschen aufzumischen.“

Das war Flessners Stichwort.

„Dann hast du also über mein Angebot nachgedacht“, sagte er, „ich meine, hier in Ostfriesland zu bleiben.“

„Nein“, kam es wie aus der Pistole geschossen, „natürlich habe ich nicht darüber nachgedacht. In einer Woche fahre ich zurück nach Düsseldorf. Wie kommst du nur darauf, dass ich nach Ostfriesland wechseln könnte.“

„Naja“, wurde Flessner kleinlauter, „ich musste heute Morgen mit dem Chef aus Osnabrück telefonieren, weil der Mord aufgeklärt ist. Und dabei kamen wir natürlich auch auf dich zu sprechen und deine hervorragende Mitarbeit auf Juist.“

„Und?“

„Mein Chef meinte, dass du sofort anfangen könntest.“

„Anfangen womit?“ Wanderkorn brach der Schweiß auf dem Rücken aus. Plötzlich fühlte er sich auf der Insel gefangen. Es fuhr keine Fähre mehr und die Flugzeuge stürzten immer ab, wenn sie versuchten, die Insel zu verlassen. Genau dieses Bild ging ihm gerade durch den Kopf. Er würde nie wieder nach Hause kommen können. Und Nina würde darüber zerbrechen und ins Meer gehen.

„He, du musst nicht zusagen“, versuchte Flessner ihn zu beruhigen, „es ist nur ein Angebot. Der Chef sucht schon lange nach einem passenden Ermittler, den er auf den Ostfriesischen Inseln einsetzen kann.“

„Aber was hat das denn mit mir zu tun?“, flüsterte Wanderkorn, „ich habe mich doch gar nicht beworben.“

„Indirekt vielleicht schon, weil du hier so gute Arbeit geleistet hast.“

„Das ist nicht fair. Ich wollte nur helfen. Du kannst doch nicht einfach über meinen Kopf hinweg mit deinem Chef entscheiden, dass ich jetzt hierbleiben muss.“

Flessner bekam langsam ein schlechtes Gewissen, als er sah, wie fertig Wanderkorn plötzlich dreinblickte. Er hätte nicht so mit der Tür ins Haus fallen sollen. Doch jetzt war die Katze aus dem Sack und ließ sich nicht mehr einfangen.

„Es tut mir leid“, nuschelte Flessner, „ich dachte, du freust dich darüber. Ich hatte den Eindruck gewonnen, dass du gerne hier bist. Und du hast auch immer nur negativ über Düsseldorf gesprochen, wenn es um die Arbeit ging.“

„Habe ich das?“ Wanderkorn sah ihn offen an.

„Ja, auf jeden Fall“, sprang Flessner sofort darauf an, „alles sei zu unpersönlich, keiner interessiert sich mehr für den anderen. Die Gesellschaft insgesamt werde immer rauer und die Kriminalität brutaler.“

Wanderkorn sah zum Fenster. Das stimmte ja auch. Aber sein ganzes Leben auf den Kopf zu stellen war etwas ganz anderes, als mal über seinen Job zu klagen. Konnte er sich wirklich vorstellen, ständig auf einer Insel zu leben. Und was sagte Nina dazu. Sie liebte ihr Leben in Düsseldorf im Großen und Ganzen. Sie hatte einen guten Verlag für die Veröffentlichung Ihrer Bücher gefunden, wo sie nur wenige Minuten mit der Straßenbahn fahren musste, um mit der Lektorin zu sprechen. Niemals würde sie einem Umzug nach Ostfriesland zustimmen.

„Es stimmt“, gab Wanderkorn zu, „es ist kein Vergnügen ... oder jedenfalls nicht immer, in der Großstadt zu leben und zu arbeiten. Aber Nina und ich, wir haben uns da etwas aufgebaut. Alles geht seinen

Gang, wie man so schön sagt. Und der Jüngste bin ich mit über fünfzig ja nun auch nicht mehr."

„Ich verstehe dich", entgegnete Flessner, „es war eine Schnapsidee von mir. Und irgendwie hat mich der Chef auch dazu getrieben, mit dir zu sprechen. Es tut mir aufrichtig leid, dass ich dich so überrumpelt habe. Ich werde ihn nachher noch einmal anrufen und ihm sagen, dass du nicht an dem Job interessiert bist. Okay? Sind wir jetzt wieder Freunde?"

Wanderkorn musste schmunzeln. Flessner war eher von der schlichten Sorte, was ihn nahbar und oft auch emotional wirken ließ. Eben menschlich.

„Na klar sind wir Freunde", sagte Wanderkorn. Und das zu sagen war ein verdammt gutes Gefühl, merkte er plötzlich. „Weißt du was, rufe deinen Chef noch nicht an. Ich möchte über diese Idee noch mit Nina sprechen."

„Echt?" Flessner kippte fast vom Stuhl. „Also, das wäre schon ein Ding, wenn ...".

„Moment, nicht so voreilig. Ich habe nur gesagt, ich werde mit Nina darüber sprechen. Das bedeutet noch gar nichts."

„Alles klar", meinte Flessner.

Nun erhob sich Wanderkorn endgültig. „Ich werde in den nächsten Tagen nochmal reinsehen."

Dann verließ er die Dienststelle. Allerdings ging er nicht sofort zum Hotel zurück. Er musste nachdenken. Darüber, wie er diese Kröte so präsentierte, dass Nina sie schluckte. Als er am Strand angekommen war, da setzte er sich etwas entfernt vom Meer einfach in den Sand und vergrub die Finger darin. Fühlte sich so sein neues Zuhause an. Und wann hatte er das letzte Mal einfach so in Düsseldorf in der Stadt in der Sonne gesessen und sich wohlgefühlt. Er konnte sich nicht daran erinnern. Vielleicht war alles ein Wink des Schicksals gewesen. Das Problem mit Ninas Augen. Sein mehr oder weniger Blindflug über die Deutschlandkarte, als er nach einem schönen Ort für eine längere Auszeit mit ihr suchte. Es hatte so kommen sollen. Er sollte nach Juist reisen und sich dort in eine Ermittlung einmischen. Irgendjemand hielt irgendwo die Fäden in der Hand und ließ ihn zappeln. Würde er die richtige Entscheidung treffen. Er hielt die mit etwas Sand gefüllte Hand vor sich in die Höhe und ließ ihn dann durch seine Finger wie in einer Sanduhr verrinnen.

Und doch wusste er, dass er hier nur Zeit schindete. Wenn es hier wirklich ernst werden sollte, dann musste er jetzt mit Nina sprechen.

Die Entscheidung

Sören hatte Nina schlafend auf dem Balkon ihres Appartements vorgefunden, als er ins Hotel zurückgekehrt war. Er fand, sie sah glücklich aus. Zwischen ihren Fingern hielt sie noch ein Buch, in dem sie gelesen hatte. Er entzog es ihr sanft und legte es auf den Beistelltisch. Davon wurde sie wach. Sie öffnete die Augen und blinzelte.

„Wie spät ist es?“, fragte sie noch leicht verwirrt.

„Gleich halb zwei“, sagte er.

„Oh, so lange habe ich geschlafen ...“.

Sie kam langsam hoch und setzte sich auf die Kante des Liegestuhls.

„Jetzt ist es wohl zu spät für ein Mittagessen, oder?“, fragte sie.

„Hast du denn Hunger?“

„Hm ... im Moment noch nicht.“

„Geht mir genauso. Komm, lass uns nach draußen ans Meer gehen. Wir mieten uns einen Strandkorb und sehen uns dort später den Sonnenuntergang an.“

„Sören? Alles in Ordnung?“, fragte sie und schmunzelte.

„Aber sicher. Der Fall ist abgeschlossen und jetzt gehört die Zeit uns."

Sie stand auf und ging noch kurz ins Bad, um sich frischzumachen und umzuziehen. Sören fühlte sich wie ein Verräter. Er hätte ihr die Hiobsbotschaft sofort mitteilen müssen, dachte er bekümmert. Es half ja auch nichts, wenn er alles unnötig hinauszögerte. Am Ende war sie dann böse auf ihn, wenn sie das Gefühl bekam, dass er nur so nett zu ihr war, um sie zu überfallen.

Nina kam aus dem Bad. Sie hatte ihre Haare am Hinterkopf zusammengebunden und sie trug eine weiße kurze Hose und ein weiß-blau gepunktetes Shirt. Sie sah hinreißend aus. Eigentlich, wie fürs Leben am Meer gemacht, dachte er.

„Kommst du?", fragte sie, weil er keine Anstalten machte, vom Sofa hochzukommen.

„Nina", sagte er mit ernster Stimme, „kommst du bitte für einen Moment zu mir." Er klopfte neben sich aufs Sofa.

„Was ist denn?", fragte sie. Eben hatte er doch noch so gute Laune gehabt. Und jetzt klang er wie der Überbringer einer Todesnachricht. Mit gemischten Gefühlen setzte sie sich neben ihn und sah ihn offen an.

„Ich habe dir noch nicht alles gesagt", begann er und erzählte noch einmal, was Flessner doch für ein komischer Kauz war und die ganze Nacht am Computer herumgetippt hatte.

Stumm sah sie ihn an. Sie verstand nicht, warum er das machte. Aber offenbar war es ihm wichtig. War der Inselsheriff vielleicht an einem Herzinfarkt gestorben, als Sören vorhin bei ihm gewesen war. Das könnte eine Erklärung für sein seltsames Verhalten sein.

Und dann konnte Sören die Wahrheit nicht länger zurückhalten.

„Nina“, sagte er, „Flessner hat mich allen Ernstes gefragt, ob ich der neue Inselkommissar in Ostfriesland werden möchte.“ Unsicher sah er sie an.

Nina sagte immer noch nichts. Allerdings klappte ihr Mund kurz auf, dann wieder zu. Dann lachte sie schallend los.

„Sehr witzig“, sagte sie, während sie sich die Tränen von den Wangen wischte. „Fast wäre ich darauf hereingefallen.“

Irgendwie musste sie ja reagieren, dachte er. Es sah so aus, als hielt sie es für einen Scherz, den er mit ihr trieb. Das musste er korrigieren.

„Es stimmt aber“, fuhr er fort, ohne auf ihren Lachanfall einzugehen. „Er hat auch schon mit dem Chef in Osnabrück darüber gesprochen.“

Nun sackte Nina, der nun gar nicht mehr zum Lachen zumute war, auf dem Sofa in sich zusammen. Es zuckte um ihre Mundwinkel.

„Das ist doch nicht dein Ernst“, presste sie hervor. „Du willst so enden wie der Inselsheriff. Sören, vielleicht war es doch ein Fehler, nach Ostfriesland zu fahren. Die Luft scheint dir nicht gut zu bekommen.“

Da war immer noch das Fünkchen Hoffnung in ihren Augen, dass er gleich reingelegt oder ähnliches rufen wurde. Doch das tat er nicht. Stattdessen sagte er:

„Nina, ich weiß, dass das völlig überraschend für dich kommen muss. Mir gegenüber hat Flessner ja schon öfter darüber herumgefrotzelt, ich habe mir schon länger Gedanken darüber gemacht, allerdings keine ernsthaften. Bis auf heute Morgen, als er mir gesagt hat, dass der Chef in Osnabrück mir ein gutes Angebot machen möchte.“

„Ein gutes Angebot?“, wiederholte sie ungläubig, „auf einem Sandhaufen versauern nennst du ein gutes Angebot? Und hast du dabei auch mal an mich gedacht“, setzte sie nach, „oder willst du alleine nach Ostfriesland abhauen.“

„Um Himmels willen, Nina. Nein, niemals würde ich ohne dich gehen. Es ist überhaupt nur eine Überlegung wert, wenn auch du dich mit dem Gedanken anfreunden könntest. Und ganz ehrlich, ich habe schon den

Eindruck, dass es dir hier auf Juist sehr gut geht. Oder irre ich mich da?“

„Sören, wir sind im Urlaub. Da geht es einem immer gut.“

„Du hast noch nicht einmal deine Migräneanfälle gehabt in der ganzen Zeit.“

Sie blickte zurück. Da hatte er allerdings recht. Die Woche, wo sie eigentlich fällig gewesen wäre, hatte sie einfach übersprungen, ohne, dass es ihr schlecht ging.

„Aber deshalb verlässt man doch nicht sein Zuhause“, sagte sie, „nur, weil man dann keine Kopfschmerzen mehr hat.“

„Das stimmt natürlich“, gab er zu, „ich wollte ja auch nur ...“.

„Was? Willst du mich überreden, weil du dich schon längst entschieden hast?“

Sie klang ein wenig sauer.

„Nein, so ist es ganz und gar nicht“, wehrte er ab, „ich habe einen tollen Job in Düsseldorf, bei dem ich gut verdiene. Du hast einen guten Verlag, den du in einer halben Stunde aufsuchen kannst. Düsseldorf ist schön im Sommer.“

„Ach ja?“, sagte sie, „wann bist du denn das letzte Mal mit mir durch die Stadt gebummelt?“

Er fühlte sich ertappt. Das musste Jahre her sein. Eigentlich hatte er keine Lust aufs Shopping. Und immer diese vielen Menschen, die sich in Cafés drängelten und die Kaufhäuser belagerten. Wenn er Feierabend hatte, dann wollte er immer nur schnell zurück in die Wohnung und seine Ruhe haben. Und eigentlich hatte er immer gedacht, dass es ihr genauso ginge, denn so oft war sie auch gar nicht in der Stadt unterwegs.

„Das war unfair“, sagte sie, als er nichts erwiderte, „tut mir leid. Ich weiß, wie eingespannt du im Dienst bist. Und ehrlich gesagt, ich mache mir auch nichts aus Shoppingtouren. Mein Kleiderschrank ist voll mit Sachen, die ich noch lange tragen kann.“

„Schon gut“, sagte er, „du hast ja recht, ich igele mich zu sehr zuhause ein.“

„Aber nein“, hielt sie dagegen, „mir gefällt das, wie du bist. So habe ich viel Zeit zum Schreiben. Wenn ich mir vorstelle, dass ich andauernd mit dir irgendwo hinmüsste, um mir Dinge anzusehen, die mich nicht interessieren ... eine grauenhafte Vorstellung.“

Sie rieb über seinen Arm.

„Wo würdest du denn wohnen?“, fragte sie doch etwas neugierig geworden.

Er stutzte. „Hm, das weiß ich gar nicht. Ich habe den Flessner nämlich ziemlich zur Schnecke gemacht, dass er so über meinen Kopf hinweg mit dem Chef in Osnabrück über mich gesprochen hat. Er hat sich zig mal entschuldigt und angeboten, dem Chef zu sagen, dass ich kein Interesse habe."

„Aber?"

„Nun ja, ich wollte zuerst mit dir darüber sprechen, bevor die Chance weg ist, verstehst du?"

„Du denkst, es ist eine Chance auf ein ganz anderes Leben", sagte sie mehr zu sich selbst. „Vielleicht hast du recht. Und es stimmt ja auch, ich fühle mich hier wohl. Nur, ob ich für immer auf einer Insel leben kann ... vielleicht fühlt man sich irgendwann eingesperrt. Verstehst du, was ich meine?"

„Natürlich, Nina", antwortete er und dachte wieder an die abstürzenden Flugzeuge. „Also, wenn du willst, dann frage ich mal ganz unverbindlich bei Flessner nach, wo denn der Wohnsitz eines Inselkommissars liegen könnte." Er lächelte und knuffte sie in die Seite.

„Und ich könnte doch jederzeit mal nach Düsseldorf rüberfahren", ereiferte sich Nina nun, in die Umzugspläne mit einzusteigen. „Wir müssen unsere Wohnung ja nicht verkaufen. Wenn ich etwas mit dem Verlag zu besprechen habe, dann bleibe ich da einfach ein paar Tage."

„Das könnte funktionieren", stimmte er zu, „und sowieso könnten wir auch zusammen mal einen Ausflug in die Großstadt machen, wenn ich Urlaub habe."

Beide mussten lachen.

Flessner staunte nicht schlecht, als Wanderkorn mit seiner Frau am späten Nachmittag ins Büro hereinschneite.

„Nanu“, sagte er.

„Das ist Nina, meine Frau“, stellte Wanderkorn vor.

„Freut mich“, sagte Flessner und er stand extra hinter seinem Schreibtisch auf, um Nina die Hand zu reichen. „Ich habe gerade Tee fertig, wenn ihr mögt.“

„Danke“, lehnte Wanderkorn ab, „aber im Moment eher nicht. Wir wollen noch zum Strand. Aber sag mal, dieses Angebot ... wo würde so ein Inselkommissar überhaupt wohnen?“

Flessner schmunzelte in sich hinein. Dann hatte er also angebissen, der alte Kauz.

„Oh“, sagte er, „hatte ich das noch nicht erwähnt. Die Dienstwohnung befände sich auf Norderney.“

„Norderney? Diese Insel kennen wir noch nicht“, sagte Wanderkorn.

„Dann solltet ihr vielleicht morgen mal rüberfahren“, schlug Flessner vor. „Ich war schon mal dort, mindestens hundertfünfzig Quadratmeter mit einer Einrichtung vom Feinsten.“

„Muss man die Wohnung kaufen?“, hakte Nina nach, weil sie nicht bereit gewesen wäre, dafür ihre Wohnung in Düsseldorf zu opfern.

„Nein“, sagte Flessner, „die Bewohner müssen nur für die Verbräuche und Nebenkosten aufkommen. Deshalb ja Dienstwohnung. Norderney bietet sich einfach an, weil es die lebendigste Insel ist. Es soll dem Inselkommissar und seiner Frau ja an nichts fehlen.“

„Tja, dann werden wir morgen mal nach Norderney rüberfahren“, sagte Wanderkorn und dabei sah er Nina an, die lächelte.

Auch, wenn Nina sich schon in Juist verliebt hatte in der kurzen Zeit, so schlug ihr Herz noch höher, als sie nach der gut einstündigen Überfahrt von Norddeich aus Norderney erreichten.

„Wir hätten sogar unseren eigenen Wagen mitnehmen können“, sagte Wanderkorn, als sie in das Taxi stiegen, „doch dafür hätte ich früher reservieren müssen.“

„Ich fasse es nicht“, sagte Nina immer wieder, als sie über die Insel fuhren. „Das ist wie eine Großstadt auf einem Sandhaufen.“

Der Taxifahrer sah in den Rückspiegel und schmunzelte.

ENDE

Mein Brief an Sie,
liebe Leserin und lieber Leser,

nun macht also Juist den Abschluss meiner Reihe der Ostfriesischen Inselkrimis. So können Sie mit „Tod am Meer“ – Wangerooge, „Das Geheimnis von Spiekeroog“, „Borkumer Verhängnis“, „Spiel mit dem Tod auf Langeoog“, „Baltrumer Glückskekse“, „Das Lied der toten Kinder von Norderney“ und schließlich mit „Mord auf Juist“ zu jeder unserer schönen Insel reisen, wenn Sie die Krimis lesen.
Als ich den Juist Krimi begann, da wusste ich noch nicht, dass damit auch eine neue Krimi-Reihe in den Startlöchern auf mich lauerte. Doch dieser Sören Wanderkorn hat sich für mich charakterlich so verfestigt, dass ich am Ende wusste, dass er der neue Inselkommissar in Ostfriesland werden wird. Und Nina, seine Frau, sie hat auch so ihre ganz eigenen Geheimnisse als Autorin. Man wird sehen, was sich daraus noch alles entwickeln wird.

Ich freue mich wie immer über einen Kommentar zum Buch oder auch per Mail an mich.

Ihre Moa Graven aus dem Krimihaus

Matjesstulle Juister Art

Rezept von Jessika Remmers

Quelle NDR Ratgeber kochen

Zutaten für den Sahne-Meerrettich-Dip:

- 60 g Mayonnaise
- 0.5 EL Sahne-Meerrettich
- Salz
- Pfeffer

Mayonnaise und Sahne-Meerrettich in eine kleine Schüssel geben und mit einem Schneebesen verrühren. Anschließend nach Belieben mit Salz und Pfeffer würzen.

Zutaten für die Honig-Senf-Soße:

- 0.5 EL Blütenhonig
- 0.25 EL Dijon-Senf
- 0.5Zitrone

- Salz
- Pfeffer
- einige Spitzen Dill

Zitrone auspressen. Honig, Senf und Zitronensaft in eine kleine Schüssel geben und mit einem Schneebesen verrühren. Mit Salz, Pfeffer und den gewaschenen, gehackten Dillspitzen würzen.

Zutaten für die Stulle:

- 1 Scheibe Sauerteigbrot
- 0.5rote Zwiebel
- 0.25Mango
- 1Gewürzgurke
- 1 Matjes-Doppelfilet
- 10 g Queller
- alternativ: Dillspitzen

Zwiebel schälen und in feine Ringe schneiden, Mango schälen, entkernen und in dünne Halbmonde schneiden. Gewürzgurke der Länge nach in feine Streifen schneiden. Eine daumendicke Scheibe Brot auf einen Teller oder ein Brett legen.

Auf der Scheibe zunächst etwas Sahne-Meerrettich-Dip und danach etwas Honig-Senf-Soße verteilen. Dann die Mango- und Gewürzgurken-Stücke auf die Stulle legen, im Anschluss den Matjes und die Zwiebelringe. Ein Holzspieß in der Mitte des Brotes schafft Stabilität. Zum Schluss mit etwas Queller oder Dillspitzen dekorieren.

Zur Autorin

Moa Graven: »Ich habe erst mit fünfzig meine Leidenschaft für das subtile Verbrechen entdeckt.«
Die Ostfrieslandkrimis von Moa Graven leben davon, dass die Autorin, die selber in Ostfriesland geboren ist, weiß, wovon sie schreibt. Nie wollte sie selber woanders hin, denn ihre Wurzeln halten sie in der Region, wo sie umgeben von Natur und Tieren in ihrem Krimihaus immer an einem Fall ihrer diversen Krimi-Reihen arbeitet. "Ich bin auf dem schönsten Flecken der Erde geboren", sagte Moa Graven über ihre Heimat, die gerne auch von vielen Ihrer Leser besucht wird. Oft kommen sie auch zum Tee in ihr Krimihaus, wozu die erfolgreiche Autorin gerne einlädt. Die Stimmungen in ihren Krimis sind oft düster und von einem rätselhaften Mord getragen. Das gehört für eine Krimiautorin dazu.

Mehr zur Autorin hier: www.moa–graven.de

Die Reihe Ostfriesische Inselkrimis

Tod am Meer – Band 1 – Insel Wangerooge

Das Geheimnis von Spiekeroog – Band 2

Borkumer Verhängnis – Band 3

Spiel mit dem Tod auf Langeoog – Band 4

Das Lied der toten Kinder von Norderney – Band 5

Baltrumer Glückskekse – Band 6

Mord auf Juist – Band 7

Die weiteren Krimi-Reihen von Moa Graven im Überblick

Die Kommissar Guntram Krimi-Reihe in Leer

Jan Krömer in Aurich

EVA STURM auf Langeoog

Joachim Stein, Mona Lu und Hauke in Friesland

Die Soko Norddeich 117 in Norddeich

Sand und Meer – Kriminalromane Ostfriesland
Das Leben von Erik - Trilogie

Die Anwältin Paula Fenders in Ostfriesland

Ostfriesenklinik – Krimiserie in Harlesiel

Maja Scoll in Ystad - Schwedenkrimi

Der Inselkommissar Sören Wanderkorn – Ostfrieslandkrimi

Leseprobe aus Inselkrimi „Borkumer Verhängnis“ von Moa Graven

Der Streit

Vielleicht hatte es sich schon länger angekündigt. Doch ganz sicher sogar. Aber wer gestand es sich schon gerne ein, dass eine Ehe am Ende war.

Und so hatte Gudrun sich auf den Urlaub gefreut. Oft war es ja so, dass dann die schlechte Laune auf beiden Seiten vergessen war. Eine Chance, ihre eingefahrene Beziehung zu retten bot sich dar. Und sie hatte sich vorgenommen, alles in die Waagschale zu werfen. Insgeheim gab sie sich an vielen Missstimmungen in den letzten Monaten ja auch die Schuld. Doch mit Gunnar offen darüber zu reden, das traute sie sich einfach nicht.

Sie waren das erste Mal gemeinsam auf Borkum. Er liebte die Nordsee und im letzten Jahr hatten sie Juist besucht. Und davor Baltrum. Sie hatte kein Problem damit gehabt, sich seinen Vorstellungen eines Sommerurlaubs anzupassen, als sie sich kennen lernten. Ich werde dir die Schönheit der ostfriesischen Küste nahebringen, hatte er ihr erklärt. Und sie hatte sich im unterworfen, weil sie es schon damals als aussichtslos empfunden hatte, ihn von ihrer Affinität für die Berge zu überzeugen. Was tat man nicht alles, wenn man verliebt war? Und ja, sie war verliebt gewesen in Gunnar. Vom ersten Moment an eigentlich. Sie, die junge Absolventin eines Psychologiestudiums und er, der Professor, der immer wie durch sie hindurchgesehen hatte im Vorlesungssaal.

Das hatte sich erst geändert, als sie ihm nicht mehr unterworfen war. Rein zufällig waren sie sich in der stadteigenen Bibliothek wiederbegegnet. Da hatte sie sich bereits um eine Stelle in einer anderen Stadt beworben, um dort als Sozialarbeiterin zu beginnen. Ihr Umzug verschob sich dann um ein paar Wochen aus Gründen, die sie später als Schicksal bezeichnen würde. In ihrer Wohnung, die im Groben bereits geräumt war, hatte sie plötzlich viel Zeit. Und so nahm sie sich vor, sich noch ein wenig Fachliteratur zu Gemüte zu führen, um sich auf die neue Anstellung vorzubereiten. Es schadete nie, über alles Bescheid zu wissen, um einen guten Eindruck zu machen. Er indes war auf der Suche nach Fachliteratur zum Thema Schizophrenie gewesen. Und irgendwie landeten sie in derselben Ecke. Ein kurzer Blick, als sie voreinander standen. Dann ein Moment des Erkennens auf beiden Seiten. Und plötzlich nannte er sie beim Vornamen, so, als wären sie alte Freunde. Völlig unbefangen ging er mit ihr um und lud sie sogar ins kleine Café um die Ecke ein. Erst da erfuhr sie dann, dass er verwitwet war. Seine Frau war einer kurzen heftigen Erkrankung erlegen.

Sie sagte ihm nicht, dass sie bereits seit Beginn des Studiums für ihn schwärmte. Doch er musste es einfach gespürt haben, so, wie sie ihn ansah. Und hin und wieder lief eine zarte Röte über ihre Wangen, wenn er vom Sinn des Lebens philosophierte. Sie liebte seine Stimme. Und es dauerte gar nicht lange, da liebte er auch die ihre. Sie zog nicht mehr um, sondern kurz darauf bei ihm ein.

»Gudrun?«

Sie sah erschrocken in den Badezimmerspiegel. Hatte sie schon wieder viel zu lange getrödelt?

»Ich komme gleich«, rief sie zurück und ließ noch einmal die Toilettenspülung laufen. Danach den Wasserhahn. Sie war sich sicher, dass er noch vor der Tür stand. Das erste Mal hatte sie ihn dabei vor einem halben Jahr ertappt, dass er lauschte und darauf achtete, wie viel Wasser sie beim Duschen verbrauchte. Noch mit dem Badehandtuch umschlungen war sie aus dem Bad gegangen, weil sie vergessen hatte, sich

Unterwäsche mitzunehmen. Als die Tür aufging, schüttelte er kurz mit dem Kopf und tat so, als hätte er vergessen, dass sie ja noch im Bad war. Sie mochte es nicht, wenn man ihr nachspionierte. Und da er immer penetranter in dieser Richtung wurde, hatte sie es ihm vor Kurzem auch durch die Blume gesagt. Wie immer in einen Scherz gewickelt, dass sie schon alt genug sei, um nicht im Waschbecken zu ertrinken. Er hatte nicht gelacht.

Als sie nun die Tür öffnete, da wusste sie, dass dieser Tag wieder im Streit enden würde. Doch wie es dann kam, damit hätte sie nicht im Traum gerechnet. Wegen einer Nichtigkeit, sie hatte einfach nur den Zimmerschlüssel im Hotelzimmer liegen lassen, als sie an den Strand gegangen waren, gerieten sie in einen derart heftigen Streit, dass er beschloss, noch am nächsten Tag abzureisen.

Viele Jahre später

Sabine Fornas schloss wie immer ihren Teeladen ab und schüttelte sich kurz, weil sie sah, dass es anfing zu schneien. Nein, der Winter war nun wirklich nicht ihre Jahreszeit. Auf der anderen Seite tranken die Menschen dann noch mehr Tee als sonst und oft auch mit einem guten Schuss Sanddornlikör, den sie ebenfalls in ihrem Geschäft anbot. Es wunderte sie im Grunde genommen immer wieder, dass es die Menschen zu so einer kalten Jahreszeit ausgerechnet an die Nordsee zog. Sie selber hätte diese trüben Monate lieber irgendwo im Süden verbracht. Aber nun waren die Dinge einmal so, wie sie waren.

Sie seufzte kurz auf und drehte sich um, als sie plötzlich meinte, etwas gehört zu haben, was ihrem eigenen Seufzen glich und ihr in diesem Moment wie ein unwirkliches Echo erschien. Also ging sie wieder zur Tür und sah nach draußen. Der Schnee fiel wie aus einem Kissen geschüttelt auf das Pflaster und löste sich dort sofort wieder auf. Der Vorplatz des Ladens war ausgeleuchtet und auf der anderen Seite ebenso. Nichts war zu sehen, was dieses vermeintliche Geräusch von eben hätte auslöst haben können. Also schloss Sabine Fornas erneut die Tür und machte sich dann an die Abrechnung für den Tag. Doch finanziell brauchte sie sich wirklich keine Sorgen zu machen. Nein, wäre es nur ums Geld gegangen im Leben, dann wäre sie ein glücklicher Mensch. Aber es gab eben noch etwas anderes, was sie sich von Herzen wünschte, was ihr aber große Probleme bereitete, wenn sie versuchte, es zu finden. Das große Glück, wie man immer so schön sagte, es hatte noch nicht an Sabine Fornas Tür geklopft. Oder nun ja, es gab hin und wieder Männer in ihrem Leben, die ihr durchaus mehr bedeuteten. Doch die längste Beziehung hatte nicht mehr als drei Jahre gehalten. Und so war sie mit über vierzig Jahren immer noch alleinstehend. Oder Single. Doch sie mochte das Wort nicht. Es klang so hart und hatte den Unterton des Versagens für sie wegen der scharfen Aussprache. Bestimmt war sie da überempfindlich, meinte ihre Freundin Christine immer. Die hatte ja auch gut lachen. Seit über zwanzig Jahren war sie glücklich verheiratet mit ihrer ersten großen Liebe. Was wusste sie schon von einsamen Abenden vor dem Fernseher. Gar nichts. Da half es auch nichts, dass sie mit vielen Geschäftsinhabern auf der Insel gut befreundet war. Abends ging man dann doch alleine nach Haus.

Als Sabine Fornas endlich fertig war, stimmte die Abrechnung und eine gewisse Zufriedenheit breitete sich in ihr aus. Es kam nicht oft vor, dass sie sich bei der Buchführung einen Schnitzer erlaubte. Mit Zahlen hatte sie schon immer besser umgehen können als mit Menschen.

An diesem Abend würde sie sich mit einem Glas von ihrem teuersten Rotwein verwöhnen, nahm sie sich vor. Dazu dunkle sündige Schokolade, wie sie es nannte.

Denn leicht war es für sie nicht, darauf zu verzichten. Doch ab dem vierzigsten Geburtstag schränkte sie ihren Konsum diesbezüglich ein, weil sie zunahm, ohne, dass sie hätte sagen können, warum. Ihre Frauenärztin machte die innere Uhr dafür verantwortlich. Hormone eben. Und dabei nahm Sabine schon seit Jahren keine Pille mehr. Die wenigen Male, die es zu zwischenmenschlichen Kontakten gekommen war, lohnten es nicht, dass sie ihren Körper aus seinem biologischen Rhythmus brachte.

Aber die Belohnung, so fand sie, hatte sie sich an diesem Tag einfach verdient. Belohnungen, auch wenn man sie sich selber machte, hoben die Stimmung, hatte ihr Therapeut gesagt. Und er hatte recht damit.

Scrabble

Wenn es nichts zu tun gab, dann holte Andreas Kalb immer das schon ziemlich ramponierte Brett heraus und schüttelte den Sack mit den Buchstaben.

»Ich bin hier gleich fertig«, sagte Heta Freytag und schmunzelte in sich hinein. Mit ihrem Kollegen, der ihr vor zwei Jahren auf die Insel gespült worden war, hatte sie wirklich Glück gehabt. Er war gute fünfzehn Jahre jünger als sie, doch trotzdem passte er sich ihr ohne

Vorbehalte an. Denn sie hielt er nicht viel von dem neumodischen Kram, wie Heta immer sagte und damit die digitale Welt meinte, zu der der Zugang für sie verschlossen geblieben war. Sie sprach mit den Menschen am liebsten von Angesicht zu Angesicht. Deshalb telefonierte sie auch nicht gerne.

Andreas rückte seinen Stuhl so zurecht, dass er bequem saß, nachdem er die Teekanne, die Sahne und die Tassen auf den Tisch gestellt hatte. Er liebte diese Abende genauso wie seine Chefin. Es traf sich gut, dass sie beide Singles waren und so lange in der Dienststelle herumhängen konnten, wie er es nannte.

Heta fuhr ihren PC herunter, an dem sie noch die letzten Nachrichten gelesen hatte, die den Tag über eingelaufen waren. Das machte sie immer nur abends kurz vor Dienstschluss. Vorher kam das Ding nicht an, war ihre eiserne Regel. Lieber lief sie am Strand entlang bis hin zu den Salzwiesen, wo sie oft alleine unterwegs war.

»Du hast doch wohl nicht schon die besten Buchstaben gezogen«, sagte sie lachend, als sie sich zu ihm an den Tisch setzte.

Andreas schenkte Tee für beide ein und ließ sie zuerst ziehen. Das war ja klar, dachte Heta und zog eine Schnute. Ein Z. So war klar, wer anfing.

Das erste Spiel war schnell erledigt und Andreas fuhr acht Dreierwortwerte und zwei Bingos ein. Damit lag er haushoch vor ihr mit ihren schlappen 187 Punkten und sie tat ihm den Gefallen, sich mächtig darüber zu ärgern.

»Der Tee ist schon auf«, sagte er, »soll ich neuen machen?«

Heta schüttelte mit dem Kopf.

»Verstehe.« Schelmisch grinsend stand Andreas auf und räumte das Teegeschirr ab, nachdem er nochmal Wasser aufgesetzt hatte. Eigentlich lief dieses Ritual immer gleich ab, und doch fragte er. Es hatte sich so eingebürgert, dass sie nach dem Tee immer einen Glühwein tranken. Jedenfalls im Winter.

Heta hing ihren eigenen Gedanken nach, während er sich um den Rest kümmerte. Die Winterabende waren für sie eigentlich immer das Schlimmste. Es war so früh dunkel und man war dadurch auf Gedeih und Verderb ans Haus gefesselt. Oder eben das Büro, so wie in ihrem Fall. Hätte man ihr vor über vierzig Jahren, als sie noch ein kleines Mädchen mit vielen Träumen und sehr viel Fantasie war, erzählt, dass sie einmal als alternde Polizistin auf einer Insel festhängen würde, sie hätte es nicht geglaubt. Ja, damals, dachte Heta. Da hatten die Lehrer sie noch mit erhobenen Brauen Henriette gerufen. Das klang so ernsthaft und intelligent. Und dumm war sie ja auch nicht gewesen. Sie hätte das Zeug zu Höherem gehabt. Doch irgendwann, da hatte sie sich eben an Heta gewöhnt. Das Mädchen, dessen Namen die anderen Mitschüler nicht aussprechen konnten oder ihnen einfach die Lust dazu fehlte. So war sie wohl zum Durchschnitt geworden. Henriette. Ja, das klang wirklich sehr bieder. Und das war sie heute nun weiß Gott nicht mehr. Selbst bei der Arbeit lief sie meistens ungekämmt in legerer Kleidung herum, was auf der Insel niemanden störte. Hauptsache, sie hielt die Verbrecher in Schach.

»Worüber denkst du nach?«, fragte Andreas, als er die dampfenden Glühweingläser auf den Tisch stellte.

»Ach«, winkte Heta ab, »mir wäre der Sommer jetzt einfach lieber. Wieder mal über den Hoge Hörn schlendern und dann durch die Salzwiesen streifen und bei der Greune Stee den Wildvögeln beim Fliegen zuschauen.«

Er wusste mittlerweile, was sie mit diesen für ihn kryptischen Formulierungen meinte, doch ihn selber interessierte die Natur nicht so sehr wie sie. Wenn er nach Feierabend alleine in seiner Wohnung war, dann zockte er gerne an seiner Spielekonsole. Doch davon hatte er seiner Kollegin bisher nichts erzählt, weil er nicht in einem noch schlechteren Licht für sie erscheinen wollte als ohnehin vermutlich schon. Man hatte ihn nämlich dazu verdonnert, auf Borkum zu arbeiten. Die wenigsten taten das auf Dauer freiwillig. Man glaubte, dass er hier an der frischen Luft noch einmal seine sieben Sinne zurechtgerückt bekam und in Zukunft pünktlich zur Arbeit erschien.

»Hm, das tut gut«, sagte sie, als sie einen Schluck getrunken hatte. Dabei war es ihr weder kalt, noch war es im Zimmer zu kühl. Doch immer, wenn sie den ersten Schluck Glühwein trank, dann löste das etwas in ihr aus. Ein Wohlbehagen, das ganz tief bis in ihr Innerstes reichte. Wärme und Nähe. Ach, sie konnte es kaum erklären. Und es fragte sie ja auch niemand danach.

Andreas trank ebenfalls aus seinem Glas und dann läutete er die nächste Scrabble-Runde ein. Es lief erwartungsgemäß wieder schlecht für Heta, doch sie gönnte ihm den Spaß, immer genau an den von ihr favorisierten Stellen auf dem Spielfeld seine Steine abzulegen.

Mittlerweile hatten sie bereits den zweiten Glühwein getrunken und Heta rieb sich die Augen.

»Ich glaube, das reicht für heute. Wie spät ist es eigentlich?«

Andreas sah auf seine Armbanduhr. »Oh, gleich zwölf. Dann räum ich mal ab.«

»Meine Güte, solche Spiele rauben wirklich viel Zeit.« Mit einem leichten Stöhnen erhob sich Heta aus ihrem Lehnstuhl, den sie sich eigens in die Dienststelle hatte liefern lassen. Da könne sie besser denken, hatte sie gegenüber der übergeordneten Dienststelle argumentiert, die alles bezahlen musste. Doch man war ja auch froh, dass sie freiwillig auf die Insel gegangen war. Sie ging jetzt kurz in die Beuge und ließ ihre Arme baumeln. Dann stellte sie sich wieder auf und reckte die Arme nach oben. Dann schüttelte sie sich.

»Soll ich dich noch bis zu deiner Wohnung begleiten?«

Auch das fragte er jedes Mal. Und sie lehnte wie immer ab.

Heta wollte gerade die Tür abschließen, als drinnen noch einmal das Telefon klingelte.

»Nanu«, sagte sie und drehte sich zu Andreas um, der schon losgegangen war. Er blieb stehen. »Wer kann das sein«, meinte er.

»Ich weiß nicht«, sagte Heta und ging zurück zu ihrem Schreibtisch und nahm ab. »Ja?«

»Heta«, hörte sie eine atemlos klingende Männerstimme. »Das hätte ich jetzt gar nicht gedacht, dass ich dich noch in der Dienststelle erreiche.«

»Tja«, sagte Heta. Im Moment wusste sie nicht, wer da sprach. Auch wenn ihr die Stimme durchaus bekannt vorkam. »Worum geht es denn?«

»Es wurde eine Tote entdeckt.«

»Klaas? Bist du es?« Langsam konnte Heta wieder klarer denken.

»Ja sicher bin ich das«, fluterte er zurück. »Was glaubst du denn wohl, wer dich sonst mitten in der Nacht anruft?«

Oh, solche Spitzen durfte sich wirklich nur Klaas erlauben. Nämlich, weil er die besten Fischbrötchen auf Borkum servierte und den leckersten Sanddornschnaps dazu, den er selber hinten im Garten zusammenmixte, wie er es immer nannte.

»Ich muss schon etwas genauer wissen, worum es da geht«, rumpelte sie zurück. »Also, wo bist du? Und vor allem, wo ist die Tote?«

»Sie sitzt auf einer Bank ganz in der Nähe von Sabines Teeladen«, fuhr er hastig fort. »Ich bin eben praktisch über sie gestolpert, als ich nach Hause wollte. Erst dachte ich ja, die ist nur eingenickt. Aber dann ... bei dem Wetter. Also ich näher ran und da hab ich's gesehen. Man, den Blick von der, den werde ich mein Lebtag nicht mehr vergessen.«

Heta wusste, wo er war. Sie selber ging gerne zu Sabine Fornas in den Teeladen, um sich für lange Winterabende einzudecken. »Okay, ich bin gleich da. Und du rührst dich nicht vom Fleck.« Sie legte auf.

Andreas stand neben ihr. Er hatte alles mit angehört, weil sie auf Laut gestellt hatte. »Das sieht verdammt nach Arbeit aus«, meinte er.

Dann gingen sie beide, die Kragen hochgeschlagen, los in Richtung Ortskern.

Klaas hatte nicht zu viel versprochen. Bei der Toten handelte es sich um eine junge Frau um die dreißig, deren Gesicht, fahl und weiß vom Mondlicht beschienen, wie eine Totenmaske wirkte. Die Augen, groß und blau, glitzerten wie Glasmurmeln aus der Kinderzeit.

»Jesses«, stieß Heta aus, »und das im Dezember.«

»Sie merkt nicht mehr, wie kalt es ist«, erwiderte Klaas stoisch und zog seinen Schal fester um seinen Hals.

»Und sie saß genauso da?«

»Meinst du, ich hab noch an ihr rumgespielt oder was?« Klaas mimte den Echauffierten. Doch er wusste natürlich, was sie wissen wollte. »So, wie sie da jetzt sitzt, hab ich sie entdeckt, als ich hier nach Feierabend vorbeikam. Es war sonst niemand hier unterwegs. Jedenfalls keiner, den ich gesehen hätte. Ich bin zu ihr hin und hab sie angesprochen ...«.

»Aber sie hat nichts erwidert«, vollendete Heta, »ich weiß. Tja«, sie wandte sich an ihren Kollegen, »da müssen wir jetzt wohl das volle Programm fahren.«

Andreas nickte und zog sein Handy aus der Jackentasche und stellte sich etwas abseits hin, um die Spurensuche und den Gerichtsmediziner anzufordern.

»Hast du was dabei?«, fragte Heta und sah Klaas erwartungsvoll an.

»Klar«, raunte er und ließ seine linke Hand in die rechte Innentasche wandern. Zum Vorschein kam ein Flachmann. Er schraubt ihn auf und reichte ihn ihr.

Heta trank dankbar einen Schluck und reichte ihm dann die Flasche zurück. »Dein Sanddornschnaps ist einfach unvergleichlich.«

»Ich weiß.« Er setzte an und trank den Rest in einem Schluck aus. »Muss ich jetzt eigentlich noch hierbleiben?«

Heta trat von einem Bein aufs andere, während sie überlegte. Mittlerweile war es wirklich lausig kalt geworden hier draußen. Die Wirkung vom Glühwein hatte längst nachgelassen. »Naja«, meinte sie dann, »eigentlich nicht, wenn du mir alles gesagt hast.«

»Was sollte ich dir denn verschweigen?«, fragte er zurück und steckte den Flachmann wieder ein.

»Ich weiß nicht. Dinge eben, die man im ersten Moment sieht, dann aber wieder vergisst, weil man einfach zu geschockt ist. Sowas eben.«

»Das kann ich dir auch morgen früh in der Dienststelle erzählen, wenn mir denn noch was einfallen sollte.«

»Ja, du hast R echt. Geh ruhig nach Hause.«

»Dann bis morgen«, sagte er und machte sich auf den Weg.

ENDE der Leseprobe! Der Krimi „Borkumer Verhängnis“ ist als eBook und Taschenbuch erhältlich.

Vielen Dank für Ihr Interesse an meinen Krimis!

Besuchen Sie mich auch gerne in meinem Krimi-Haus Ostfriesland in Rhauderfehn, wo Sie die Taschenbücher auch erwerben können. Ich freue mich auf Sie!

www.moa-graven.de

Printed in Poland
by Amazon Fulfillment
Poland Sp. z o.o., Wrocław

56359203R00122